巨乳お姉さんたちとのハーレム生活 田舎の少年が三人の妻を娶りました

新井芳野

目次

contents

巨乳お姉さんたちとのハーレム生活　田舎の少年が三人の妻を娶りました

第一章　お姉ちゃんと祭りの秘めごと

遠くから聞こえる笛や太鼓の調べが、日の暮れた薄暗い空にこだまする。

町の中心である鎮守《ちんじゅ》の社《やしろ》には、多くの屋台や煌びやかな提灯《ちょうちん》が所狭しと立ち並ぶ。

今日は年に一度の夏祭り、大好きな人といっしょに過ごせるかけがえのない夜なんだ。

「こっちよ裕《ゆう》くん、ここなら二人きりになれるわ」

「美雪《みゆき》お姉ちゃん、こんなところでどうするの？」

浴衣姿の美人に手を引かれ、少年は閑散とした境内の裏手へ足を踏み入れる。

賑やかな縁日の人集《だか》りも、ここまでくれば嘘みたいに静まり返っていた。

「どうするのって、裕くんはお姉ちゃんといっしょにお話しするの、イヤ？」

「ううっ、イヤじゃないけど、皆が心配するし、その」

吸い込まれるような笑顔で尋ねられれば小柄な少年、坂井裕太《さかいゆうた》は途端赤面する。品よく揃えられた髪と半ズボンがよく似合う、まだ十二歳の小学六年生だ。

「その、ってなあに?」

「ええと、あの、なんでもないですっ」

「くす、おかしな裕くんね。急に黙っちゃうんですもの、さ、早く座りましょう」

「はい」

返答に困って俯けば、言うとおり腰を下ろす。

御堂の濡縁《ぬれえん》に慎ましく腰掛けるお姉さん、吾妻《あがつま》美雪は裕太の従姉《いとこ》にあたる女性だ。

この田舎町で有数の老舗《しにせ》旅館の一人娘で、誰もが憧れる生粋《きっすい》のお嬢様でもある。

そして少年が幼い頃からずっと慕いつづけてきた、八つ年上で二十歳の女子大生だった。

「ここはいつきても、静かでヒンヤリしているわ、昔と全然変わらない」

「お姉ちゃんもきたことあるの? 僕もよく遊びにくるんだ」

「ええ、私もお友だちとかくれんぼや鬼ごっこをしていたの。ずっと以前から子供たちの遊び場なのよ」

二人仲よく座れば、美雪お姉ちゃんはいつもと変わらぬ微笑を浮かべている。

色白で鼻筋の通った秀麗な面《おも》立ちは、アイドルや女優さえも霞む美しさだ。淑《しと》やかな長い睫毛はお人形みたいで、昔から評判の美人と言われるだけはある。ご自慢の黒髪をまとめ上げ、鮮やかな花柄の浴衣を着た姿に改めて見蕩れてしまう。

「でもお姉ちゃんは昔から物静かだったし、外に出て遊ぶなんて思わなかったよ」

「ふふ、こう見えて子供の頃はお転婆だったの。男の子を泣かせたこともあるんだから」

「へえ、お淑やかな今のお姉ちゃんからは想像もできないや」

「それは裕くんの前では優しいお姉ちゃんを演じてるからよ。実は猫を被るのは上手《じょうず》なの」

「そうなんだ、あっ、お姉ちゃん?」

和やかな談笑のなか、憧れのお姉さんはすっ、と身を寄せてくる。

突然の接近に、少年の鼓動は激しく脈打つ。

(うわあ、お姉ちゃん近すぎるよお、いくらこの場には二人きりだからって)

息遣いさえわかるほど接近すれば、二人の間はもう一センチも離れていない。

仄《ほの》かに漂う甘い香水の匂いに、ゴクリと唾を飲む。

もっとも動揺する裕太をよそに、美雪は気にする素振りもない。

「うーんっ、お祭りももう終わりねえ。年に一度のお楽しみなのに、少し寂しいな」

「ふだんは全然人いないのに、どこにこんなにいたんだろって思っちゃうね」

窮屈そうに身を伸ばせば、見事なバストが強調されドキリとする。

着物の上でもはっきりわかる膨らみは、去年よりさらに大きくなったかもしれない。

「御神輿《みこし》に色とりどりの屋台に、このあとは締めを飾る花火大会でしょう。今どき珍しいって、大学の友人も驚いてたわ」

「それだけこのお祭りが注目されてるんでしょ、僕も町の人間として誇らしいや」

裕太の故郷は、雄大な山裾に開けた自然の景観が売りの観光地として有名だった。

春と秋は、行楽客で賑わうキャンプ場、夏には、盛大なお祭りが開かれ大勢の人が集まる。

美雪もこの祭りに参加するため、都会の大学から戻ってきたのだ。

「お祭りだけじゃなくて最近はキャンプ場としても有名よ。秋になったら来てみたいって、アウトドア好きな同級生もいるの」

「へえ、今度そのお友だちを紹介してほしいな。僕が案内してあげるよ」

「あら、そういえば裕くんはキャンプ場のお手伝いをしてるのよね。まだ小学生なのに偉いわあ」

称賛の言葉を受け、子供らしい笑顔で素直に喜ぶ。

（お姉ちゃんやっぱり綺麗だな、こうして並んでるだけなのに緊張しちゃう）

もう思い出すことができないほど昔から、裕太はこの美しい従姉が好きだった。

しかしその美貌と清楚な佇《たたず》まいは、かえって少年の胸を締めつける。

（背も高くてスタイルもよくて、僕みたいな小学生とじゃ、釣り合うわけないよね）

百七十センチ近い長身の美雪の隣に座れば、今さらながら自分が子供であることを実感する。

腰掛けた状態でも、背丈は美雪の肩ぐらいまでしかない。

同級生から女の子みたいだとからかわれる顔立ちも、大きなコンプレックスだった。

「どうしたの、裕くん。何か心配事でもあるの？」

「ふえっ、いいえ、なんでもありませんっ」

俯き黙る少年を訝《いぶか》しんだ美雪が、顔を覗き込んでくる。

キスできるぐらい触れ合うと、心臓が止まっちゃうぐらい驚く。

「そう、ならよかったわ。せっかくの花火大会なんですもの、ここからの眺めはきっと一生の思い出になるわよ」

「うんっ、僕もすごく楽しみだよ」

慌てて取り繕えば、安堵した美雪は再び夜空を見上げている。

襟から伸びた細いうなじとほつれた後《おく》れ毛が、えもいわれず艶めかしい。

「ねえ、裕くん。ここでお話しましょって言ったこと、覚えてる？」

「覚えてるけど、お話って、何？」

煌めく星をずっと見つめていたかと思えば、不意に真剣な口調になる。

「畏《かしこ》まらなくてもいいのよ、裕くんに聞きたいことがあっただけなの」

「聞きたいこと、僕に、ですか？」

「ええ、この町に伝わるお祭りの昔話、知っているかしら？」

「それはっ、はいっ、もちろんです」

この町の伝統ある夏祭りには、ひとつの言い伝えがあった。

お祭り最後の夜、二人きりで過ごした男女は永遠に結ばれるというものだった。

「大好きな人を誘って一夜を過ごせば、その人とずっといっしょにいられるってお話しでしょ？」

「そのとおりよ。やっぱり裕くんも知ってて、お姉ちゃんを誘ってくれたのね」

「おばあちゃんから教えてもらったんだ。昔おじいちゃんにそうやって誘われたって」

「くす、私もお母様からお父様に誘われたってうかがったの。意外とロマンチストよね」

美雪の母である澪《みお》は、夫を亡くしたあと、老舗旅館を切り盛りする女傑として有名だった。

裕太にとっても義理の叔母ということで、幼い頃から実母以上に懐いている。

「うん、だから僕も初めてお祭りに誘う人はお姉ちゃんって決めてたんだ。でも」

「でも？」

「でも僕、不安だったんだ、お姉ちゃんは綺麗でモテモテだし、きっと別の人とお祭りへ行くと思ってたから」

「裕くん」

美人な女子大生の美雪なら、誘ってくれる相手はいっぱいいるだろう。

小学生の裕太なんて、きっと弟ぐらいにしか思っていないのかもしれない。

だから叶うはずないと思って声をかけたのに、ＯＫをもらったときは本当に驚いた。

「そんなことないわ。裕くん以外の人といっしょにお祭りに行くなんて、考えたこともなかったの」

「お姉ちゃん、嘘でも嬉しいよ」

「嘘だなんて、私も誘われて嬉しかったわ、あっ」

覚悟を決めた裕太は、そっとたおやかな手のひらに触れてみる。

拒否されると思ったけど、美雪お姉ちゃんは笑顔で受け入れてくれた。

「僕、お姉ちゃんのことがずっと好きだったんだ。子供の頃からずっと、ずっと」

「裕くん、まだ子供だと思ってたのに、そんなふうに言われたらどうにかなっちゃいそう」

幼い頃からずっと胸に秘めていた恋心を、ついに打ち明ける。

美雪もまた真摯《しんし》な告白を受け、頬を赤く染めていた。

お祭りが最高潮に達したことを告げるお囃子《はやし》が、二人の思いを加速してくれる。

「お姉ちゃん、大好きだよ」

「はい。お姉ちゃんも裕くんのことが好きよ」

肌の火照りが感じられるぐらい顔を近づけ、熱を帯びた瞳で見つめ合う。

静かに目を閉じれば、もう言葉はいらなかった。

「ん、お姉ちゃん、んんん、むうう……」

「アン、裕くん、んふうう……」

焦れったい躊躇《ためら》いのあと、十二歳の少年と二十歳の美女の唇はひとつに重なっていた。

（ああ、キスしてる、僕、憧れの美雪お姉ちゃんとキスしちゃってる）

初めての口づけは、リンゴ飴の甘い香りがするキスだった。

これが夢なら永遠に醒めないでほしい。

「んん、んちゅううう、お姉ちゃあん」

「裕くん、好きよ、むふううう」

甘く柔らかい感触に、少年の頭は今にも倒れそうなほどクラクラする。

たっぷり数分はキスをしたあと、名残《なごり》惜しげにようやく離れる。

「ふう、うふふ、キス、しちゃったね、私たち」

「うん、なんだか夢みたいだよ、お姉ちゃんとキスするなんて、わあっ？」

「夢じゃないわ、ほら、お姉ちゃんの温もりは本物でしょう」

「ふわっ、お姉ちゃんっ」

ありえないキスに現実感を失えば、突如豊満な胸へ沈められる。

華奢な少年の身体は、女子大生の腕の中に容易《たやす》く抱きしめられていた。

「かわいいね、裕くんは、お肌もすべすべで、赤ちゃんを抱いてるみたい」

「ああ、そんな子供みたいにスリスリしないでよお」

フワフワの柔らかなクッションに顔面を包まれ、よしよしされる。

子供扱いされ悔しいけど、浴衣の隙間から覗く膨らみが、反抗する気持ちを奪う。

「ごめんね、でももう少しだけ抱かせてほしいの」

「うん、僕もお姉ちゃんといっしょにいられて嬉しい」

お許しが出たのをいいことに、裕太もまたおっぱいにじゃれついてしまう。

大きさに似合わぬしっとりとした感触は、すべての魂が癒やされる母性の象徴だ。

「そんなに甘えちゃってかわいい。お姉ちゃんの九十八センチのおっぱい、気に入ってもらえたかしら？」

「きゅうじゅうはちっ、ふわあ、すごいや」

大きいとは思っていたけど、まさか三ケタの一歩手前とは、予想の上を行っていた。

「うふふ、カップサイズはGなの。ふだんは窮屈だけど裕くんが喜んでくれるなら、それもいいかな」

「うん、大きなおっぱい、大好きだよお」

たわわな双丘に甘えられて、自分はなんて幸福なのだろうと天に感謝する。

温かな谷間に頬ずりして、芳醇な香りに酔いしれる。

「いっぱい甘えてね。お姉ちゃんがずっと抱きしめててあげる」

「はああ、美雪お姉ちゃああん」

「よしよし、お姉ちゃんの前ではずっと子供のままでいましょうねえ」

柔らかすぎる膨らみに埋もれれば、時が過ぎるのも忘れてしまいそうだ。

そのまま女神みたいに神々《こうごう》しいお姉ちゃんと、抱き合っていたかった。

「こうしていると、裕くんが赤ちゃんの頃を思い出すわ。アンッ、強く揉んじゃイヤン」

(お姉ちゃん、おっぱいムニュムニュされて感じてるのかな？　ううっ、なんだろ、おち×ちんがムズムズしちゃう)

子犬のじゃれ合いみたいな抱擁が、少年の幼い欲望を刺激する。

身体の奥から湧き上がるエッチなモヤモヤが、おち×ちんを疼かせる。

「んんっ、そこはクリクリしちゃダメえ、裕くんのおさわりいやらしいのぉ」

「はうう、なにこれえっ、身体が熱くてどうにかなっちゃいそうだよおっ」

お姉ちゃんと両思いになれた喜び、おっぱいに包まれた幸せが、何かを呼び覚ます。

艶めいた声に触発され、気づけば幼い陰茎はガチガチになっていた。

「はああ、お姉ちゃん、気持ちいいよぉぉ」

「裕くん、そんなに感じてくれたのね。あら、これって？」

母性に溢れ悦に入る美雪だが、少年が太股をモジモジさせている様子に気づく。

ふと股間に目をやれば、半ズボンの前はカチコチに膨れ上がっている。

それが勃起という現象であることを理解すれば、思わず口元が緩んでしまう。

「ねえ裕くん、おち×ちんがつらそうね。お姉ちゃんがなんとかしてあげようか?」

「え? あああっ。これは、そのっ」

おち×ちんの膨張を指摘され、茹《ゆ》で蛸《だこ》みたいに真っ赤になる。

慌てて前を押さえようとするが、たおやかな白い手のひらが止める。

「アン、隠さなくていいのよ、男の子はエッチな気分になるとそんなふうになっちゃうの」

「そうなの? はわわ、なんでズボンを脱がすのっ」

「だってこのままおち×ちんがカチカチじゃ大変でしょう。お姉ちゃんが何とかしてあげる」

「ううっ、でもお、恥ずかしいよ」

嬉しげな美雪お姉ちゃんは踏み石に膝をつくと、少年のお股の前へ跪《ひざまず》く。

ベルトをカチャリと外し、半ズボンを脱がそうとしてくる。

「恥ずかしがらないで、君が大人になったところ、見せてほしいな」

「ううっ、うん、わかりました」

「素直ね、裕くんは。でも心配しなくていいのよ、全部お姉ちゃんに任せてね」

瞳を輝かせるお姉ちゃんは、緩めたズボンに手をかける。

トクン、と高鳴る心音が、静寂に包まれた仄暗い空間に響く。

「さあ、裕くんのおち×ちんはどんなかしら、ワクワクしちゃいます」

「あああっ、見ちゃダメえ、お姉ちゃあんっ」

「行くわよぉ、えいっ、って、きゃあんっ、かわいいっ」

やがて意を決すれば、ズボンといっしょにパンツまで勢いよく下ろされる。

拘束を解かれプルンッ、と飛び出したそれは、真っ赤に腫れ上がった肉の棒だ。

いまだ無毛でつるんとした幼い若茎は、まさに小学生のおち×ちんだった。

「やーん、まだツルツルなのにカチコチに膨れてる。これがおち×ちんなのねえ」

初めて見る少年の若々しい肉勃起に、可憐な美声も上ずっていた。

血管がバキバキ走った極太の大人ち×ぽとは違う、愛らしさの詰まったペニスだ。

「あらあら、でも先っぽはまだ皮を被ってて、ホントにかわいい」

「うう、そんな嬉しそうに言わないで」

さっきまでの大人な仕草と違い、お姉ちゃんの瞳にはエッチな輝きが灯《とも》る。

とはいえ一方的にズボンを脱がされ、おち×ちんを観察されるのは恥ずかしかった。

「驚かせてごめんなさい。ねえ裕くん、いつからおち×ちんがこんなふうになっちゃったの？」

「ちょっと前からなの。夜にお姉ちゃんのこと考えると、こんなふうになっちゃうんだ」

「私のことを？」

裕太の何気ない一言は美雪の胸をキュンッ、と締めつける。

あどけない少年が自身を思い、おち×ちんを硬くするなど、想像するだけで震えが走る。

つい指先で愛らしい若勃起をちょんっ、と突いてしまう。

「ひゃあああっ、お姉ちゃああああんっ」

「きゃっ、ごめんなさい、大丈夫？」

軽く触れられるだけで、すさまじい電流が身体を駆け抜ける。

思わず悲鳴をあげてしまうが、それは決して痛みからではなかった。

「大丈夫、すごく気持ちよかったからつい大声出しちゃった、なんなの、これ？」

「くす、敏感なのは立派な男の子になった証拠よ。我慢すればもっと気持ちよくなれるの」

「はあうっ、また指でぇぇぇっ」

初めての性感に悶える裕太は、精通すらまだなのだ。

純真な少年を悦楽へ導くと思えば、美雪のなかのおんながゾクリと刺激される。

「お姉ちゃんがたっぷり教えてあげる。こうやって先っちょをシコシコすれば、皮もすぐに剝けちゃうの」

「はううっ、おち×ちんコショコショされたら、なにか来ちゃううううっ」

「んふ、いっぱい来てもいいのよ。あーん、カチカチでドクンドクンしてて、お姉ちゃんも溶けちゃいそう」

しなやかな指に扱《しご》かれ、勃起を覚えたばかりの幼根は美女の手のひらの中でビクンと唸る。

終わりのない焦れったい愛撫は、裕太だけでなく美雪の性感も高めていた。

身体の芯が熱くなり、淫らな妄想も止めどなく溢れてくる。

「ねえ裕くん、もっと気持ちよくなれること、してみたくない？」

「ふえ、どうするの、お姉ちゃん」

「うふ、怖がらないでお姉ちゃんを信じてほしいな。さ、見ててね」

そう言うと美雪お姉ちゃんは浴衣の胸元をそっと、はだけさせる。

少し躊躇ったあと、着物を下ろせばポヨンッ、と目も眩《くら》むような絶景が広がる。

「ふわあああ、これがおっぱい、お姉ちゃんのおっぱいなんだ」

「どうかしら、お姉ちゃんのおっぱい。裕くんだけに見せてあげるのよ？」

ついさっきまで甘えていた、Gカップの双丘に度肝を抜かれる。

恥じらいながらもツン、と浮かび上がる薄桃色の乳頭に息を呑む。

「はああ、大きくて柔らかいお姉ちゃんのおっぱい、すごく綺麗」

「うふ、そんなに見蕩れちゃって、でもお楽しみはまだこれからよ」

意味ありげにウインクすれば、淡いルージュの惹かれた唇が、妖しく煌めく。

ペロリと出されるピンクの舌が、背筋が凍りつくほどの色気を感じさせた。

「じっとしててね。お姉ちゃんが今、大人のおち×ちんにしてあげる♡」

「ええっ、なにをっ、うああっ、ひゃあああああっ」

突如、生温かい感触に包まれ、瞼《まぶた》の裏に熱い火花が散る。

ありえない衝撃に目をやれば、美雪お姉ちゃんが幼根をぱっくり咥え込んでいた。

「んふっ、これが男の子のおち×ぽ。ああ、なんてすごいの、ふむぅう」

「うぐうっ、なにこれえっ、おち×ちんがチュパチュパされちゃってるぅううっ」

「んむう、今、大人のおち×ちんにしてあげる。むふっ、んちゅうぅぅぅぅ」

「くうぅぅっ、おち×ちんがっ、おち×ちんがぁぁぁっ」

クチュクチュとぬめる舌が、こわばる肉棒へ絡みつく。

くすぐったい感覚に囚われれば、生温かい口中で包皮がペロンとめくれちゃう。

「むうぅぅ、ふう、お口の中で皮が剝けちゃったね、んんむうぅ」

「ああっ、お姉ちゃんっ、おち×ちんがなんか変だよぉっ」

「うふ、変なのはおち×ちんが大人になった証よ。おめでとう、裕くん」

卑猥に頬をすぼめ、無毛のペニスを咥えながら美雪は祝福してくれる。

剝かれたばかりの先っちょは敏感で、生温かい舌が触れるだけで暴発しそうになる。

「大人のおち×ちん？　よくわかんないけど、気持ちいいよぉっ」

「はあ、もっと気持ちよくしてあげるね、むちゅうぅぅ」

「ううっ、またそんなチュウチュウしたら、もうダメぇぇぇぇっ」

満天の星空の下、祭り囃子の聞こえるお堂の裏で、少年と美女は淫らな遊びに耽る。

おっぱいも露わなお姉ちゃんが、まだ小学六年生のおち×ちんをしゃぶっていた。

「ふみゅうぅ、あふ、おちん×んがまた大きくなってるぅ、なんて逞しいの」

「あうううっ、くうっ、そんなチュッチュしたらおかしくなっちゃうぅぅっ」

「うふふ、先っちょからおつゆが零《こぼ》れてきたわ、ピュッピュしちゃいそうなのね？」

ついに初射精のときが近づけば、美雪のフェラチオもいっそう激しさを増す。

いやらしく首を前後させ、おち×ぽをしゃぶり立てる。

「ピュッピュッ、てなにいっ、よくわかんないけど、おち×ちんがバクハツしちゃいそうだよおおっ」

「それが射精なの。男の子は気持ちよくなるとおち×ぽからエッチなミルクをドピュドピュしちゃうの。早く出してぇぇ」

「はあああっ、もうダメえええっ、おち×ぽ我慢できないよおおおっ」

たまらなくなればお姉ちゃんの頭を摑《つか》み、ぐいと根元まで若勃起を押し込む。

「あふんっ、んんんむううっ、裕くん苦しいっ、ふみゅうぅぅぅ」

「ああああっ、お姉ちゃん、お姉ちゃん、お姉ちゃああああんっ」

「んぐううっ、むふうううっ、はふうううんんんんっ」

苦しげなお姉ちゃんの声が、むしろ興奮を高めてくれる。

夢中で腰を浮かし、膨れ上がったこわばりを突き入れ、最後の階段を昇りつめる。

「くううっ、なんか出ちゃう、出ちゃうよおおっ、あはああああっ」

「んんんんっ、むふっ、はむうぅぅぅぅぅぅうううっ」

「お姉ちゃあん、おち×ちん出るぅっ、うわあああっ」

荒れ狂う稲妻がおち×ぽから湧き上がり、少年の全身を打つ。

甘い甘いお口の中で、こわばりはズビュズビュと白いミルクを噴き上げる。

「んはああっ、なにこれええ、気持ちいいっ」

「むふうう、出してえ、もっとミルクをドピュドピュしてええっ」

「お姉ちゃあんっ、すごいよお、おち×ちんが止まらないいいいっ」

今にも落ちてきそうな星々を見上げ、裕太は生まれて初めての吐精を経験していた。

先端から射出される牡の精が、天上の輝きに劣らぬ煌めきとなって迸《ほとばし》る。

「はあああ、お姉ちゃん、ふうう、はあはあ」

「んふっ、すごいわあ、裕くんの初搾り、こんなにいっぱい」

「お姉ちゃん、ごめんなさい。大丈夫だった？」

「いいのよ、男の子はちょっと強引なほうが、女は感じてしまうの」

いくら気持ちいいからって、調子に乗ってひどいことをしてしまった。

謝ろうとするが、出された白濁液を全部ゴックンした美雪は幸せそうだ。

「それに元気いっぱいのおち×ぽミルク、とっても美味しかったわ、濃厚なのに量もたっぷり」

口元から零れる牡の精をペロリと舌で舐めとるさまに、身体の奥底が疼く。

「はあ、そんなエッチなお顔でうっとりするなんて」

「あらあら、でも先っちょからミルクが垂れてるわ、んちゅううう」

「はううっ、お姉ちゃんっ、そんなまたっ」

「ふふ、ミルクの出し残しはちゃあんと綺麗にしないと。全部拭き取ってあげるね」

「くううっ、エッチなお口でチュッチュしたら、どうにかなっちゃうよおっ」

ピンクの舌が先端を這い回れば、おちん×んがまた大きくなっちゃう。

精通を経験したばかりの幼根は、衰えることを知らなかった。

「まあ、もうこんなに。若いのねえ、あっという間におち×ちんがカチコチよ」

脱力する少年を優しく抱きしめ、反り返る若牡に目を見張る。

「ううっ、おち×ちんがすぐにこんなふうになっちゃって、僕、大丈夫かな」

「自信を持って。おち×ちんが逞しいのは、健康な男の子の証なんだから」

「うん、ありがとう、お姉ちゃん」

笑顔で初めての射精を受け止めてくれたお姉ちゃんに、限りない感謝が湧く。

色づく視線を絡ませれば、今度は美雪のほうが求める番だった。

「ねえ裕くん、次はお姉ちゃんも君にしてほしいの」

「ふえ、いいの、お姉ちゃん？」

「アン、いいのよ。お姉ちゃんの身体は裕くんに甘えてもらうためにあるの。さ、いらっしゃい」

蠱惑《こわく》的な顔つきで、ご自慢のGカップ美乳を見せつけるように持ち上げる。

たゆんと弾むメロン大のおっぱいに、少年の目は釘づけだ。

淫らなお誘いなど断れるはずもなく、夢中で吸いついてしまう。

「おっぱい、ああ、おっぱい、むちゅううう」

「ひゃあああんっ、いきなりチュッチュしちゃダメぇぇぇっ」

美雪の背筋がビクンッ、となる。

敏感な桃色乳首を厚ぼったい舌に含まれ、全身に鋭い電流が走っていた。

「んちゅううう、お姉ちゃんのおっぱいぃっ」

「アアン、裕くんの吸い方とってもエッチ。いやらしい音を立ててるのお」

テクニックもない稚拙な吸い方だが、美雪にとってはそれでも充分だった。

ぬろぬろと生温かい舌が乳首を這い回り、少年の手のひらが豊満な膨らみへ伸びる。

「ふああ、柔らかくてプルプルしてるよぉ、とってもいい匂い」

「んはあん、裕くんてば小学生なのにい、アアンッ、ムニュムニュもダメぇっ」

子供の手には余る美巨乳を揉みしだきながら、濃密なおんなの香りも堪能する。

赤ちゃんが甘えるようなじれったい愛撫に、美女の艶声も高くなる。

「お姉ちゃんのおっぱい美味しい。ずっとチュッチュしていたいよぉ」

「んんっ、歯を立てないで。そこはとっても敏感なの、お願い優しく、はああん」

二人だけの空間と化した御堂の裏で、この上もなくいやらしい情景が展開されていた。

清楚な美巨乳大和撫子が、幼い子供におっぱいを吸われ官能に悶える。

もっと吸ってと頭を抱き寄せ、さらにはしたなく快楽を貪《むさぼ》る。

「んちゅうう、おっぱいの先っちょがツンて硬くなってるよ、すごくエッチだよぉ」

「やんっ、裕くんのチュウチュウが上手だからよぉ。あら、これは？」

ねっとりした乳吸いに陶然とするが、太股に当たる硬い感触に気づく。

快感に浸る裕太は無意識のうちに腰を動かし、こわばる若牡を擦りつけていた。

その切なげな行為は、母性本能をゾクリと刺激する。

「裕くん、おち×ちんがつらいのね。そろそろおま×こに入れたいのかしら？」

「ふえ、入れる？　どういうこと、お姉ちゃん」

ペニスの挿入をいまいち理解していない少年は、きょとんとしている。

欲望に目覚めてもいまだ無垢な姿を見れば、胸がざわめく。

「そう、そうなのね。いいわ、全部お姉ちゃんが教えてあげる」

そっと半身を起こせば片膝を立て、乱れた浴衣から伸びた美脚をおずおずと広げる。

淫奔《いんぽん》な表情のまま、やおら板敷きに手をつき、ゆるりとお股を開きはじめる。

「わっ、お姉ちゃん、なにをするのっ」

「くす、驚かないで、お姉ちゃんの大切なものを見せてあげる。さ、こっちへおいで？」

「はい、ここでいいのかな、ああっ、お股が濡れてるよお」

レースに縁取られた純白のショーツには、いやらしい縦スジが浮き上がっていた。

興奮し股間を押さえる少年に向かい、ショーツのクロッチをゆっくりとずらす。

「ここよ、ここに裕くんの太くて硬いおち×ちんが入るの、見せてあげる」

「はああ、ここがお姉ちゃんの、うわああ」

「そう、これがおま×こよ。おち×ちんを入れるととっても気持ちいいの」

蜜まみれの布帛《ふはく》を足首から引き抜けば、もはや視界を遮るものは何もない。

ピンクの小陰唇はヒクヒクと蠢《うごめ》き、すでにはしたない蜜をこぼしている。

過敏な肉芽を覆う薄墨色の和毛もまた、清楚なお姉ちゃんとは思えぬ淫猥さだ。

「ここに僕のおち×ちんが……おま×こ、はあ、おま×こ」

「アアン、裕くんたら、そんな食い入るように見ちゃって。恥ずかしいのにいっぱい濡れちゃう」

「ふわあ、エッチな蜜どんどん溢れてくる。もっと見せて、お姉ちゃん」

誰も来ない秘めやかな空間で、たまらなく淫靡な儀式が行われていた。

少年の前で太股を開いた美女が指でそっと、肉の花びらを押し拡げる。

クチュリといやらしい音がざわめくと、辺りには濃密な牝の匂いが立ちこめる。

「ねえ裕くん、見るのはもういいでしょう。そろそろおち×ちんが欲しいな」

「おち×ちんを？　あううっ、手でキュッとしないでえっ」

細い指でギンギンにそそり立つ怒張を、そっと剝き立てる。

先端から我慢の汁を零す若茎は、撫でられるだけで今にも爆発しそうだ。

「ふふ、おち×ちんももう我慢できないみたい。早く入れたいって言ってるわ」

「くううっ、はいお姉ちゃん、わかりました」

目も眩む光景に我を忘れていた裕太も、美雪の懇願で正気に戻る。

従順な少年に微笑を浮かべれば両手を広げ、愛の深淵へと誘《いざな》う。

「さ、いらっしゃい裕くん、お姉ちゃんと一つになりましょ？」

「ああ、お姉ちゃん、んむぅぅぅ」

「アン、むちゅううううう」

全裸になった裕太はキスをしたまま、憧れのお姉ちゃんを押し倒してゆく。

今度は唇を重ねるだけではない、舌を絡める大人のキスだ。

「はああ、美雪お姉ちゃん、んちゅううう」

「あふうっ、裕くうん、んんん、むふううう」

抱き合ったまましばらく互いの唇を貪り、キスの快楽に酔いしれる。

やがて顔を離せば、舌の間をいやらしい唾液の糸がつっ、と伝う。

「んふっ、そろそろ来て。熱くてギンギンなおち×ちん欲しいの」

「わかったよ、お姉ちゃん。ここ、でいいのかな、ああっ」

はち切れんばかりにこわばった逸物を握りしめ、いよいよ最後のときが訪れる。

乱れた浴衣姿のお姉ちゃんへと覆い被さり、本能のまま交わろうとする。

若牡の先端をぴとっ、と秘粘膜に押し当てるが、当然の如《ごと》く上手《うま》くいかない。

「あれ、入らないよ、くうっ」

懸命に挑むも、未経験の童貞少年にとって初挿入は至難の業だった。

潤う蜜で滑ってしまい、いくら腰を動かしても空《むな》しく表面をなぞるだけだ。

でも美雪にとって、そのもどかしさが心地よい。

「焦らないで、裕くん。おち×ちんを入れるのは、ここよ」

「うん、ここで、いいのかな、あううっ」

「そう、そこよ。あとは腰を出すだけでいいの、うふふ」

しなやかな手を伸ばし、熱く脈打つ肉勃起を自身の割れ目へ宛がってあげる。

極限まで肥大した先っちょは、花園の入り口に触れるだけで達してしまいそうになる。

瞼をきつく瞑り、懸命に射精を堪《こら》える少年の姿もかわいかった。

「これは正常位っていうの。女の子はみんなこの体位が好きなのよ、覚えておいてね」

「はいっ、うぐうっ、おち×ちんがジンッ、て熱いよお」

大好きなお姉ちゃんに導かれ、念願の性交はもうすぐそこだ。

今にも吐精しそうな若茎で、女体の神秘を実感したかった。

「お姉ちゃん、僕、そろそろ」

「いいわ、いらっしゃい。お姉ちゃんが女を教えてあ・げ・る♡」

少年を淫らへ誘う天使の笑みに、理性の糸がプツン、とキレる。

「はああっ、行くよお姉ちゃんっ、おち×ちん入れちゃうよおっ、うわあぁぁっ」

「裕くんたら逞しい。でも最初はゆっくりね。アンッ、きゃあああんっ」

子供の頃から憧れつづけてきた、美雪お姉ちゃん。

今はかけがえのない恋人となった女性へ、万感の思いを込め腰を突き出す。

ぐぐっ、と差し込んだ肉勃起がすべての抵抗を排除して、奥まで一気に貫く。

「あああっ、おち×ちんがっ、おち×ちんがお姉ちゃんのなかに入っちゃううううっ」

「ふあああんっ、ズニュンッ、て大っきいのがいっぱいぃぃぃぃぃっ」

パンッ、パアアアアアアアアアンッ。

挿入の瞬間、花火大会の開始を告げる閃光が夜空へ舞い上がる。

煌めく瞬きの照り返しを受け、十二歳の裕太と二十歳の美雪はひとつに結ばれていた。

「うぐうっ、入ったっ、おち×ちんがお姉ちゃんのおま×こに入ったんだっ」

「んんんっ、そうよ、裕くんの硬いのが、お姉ちゃんの中に入ってるの」

初々しい少年のおち×ちんが、神聖な女子大生のおま×こへ挿入を果たしていた。

キツキツで濡れ濡れな女壺の中は、グチュリと若牡を咥え込んだまま離さない。

「夢みたいだよっ。お姉ちゃんとひとつになれるなんて」

「アン、お姉ちゃんもよ。裕くんと結ばれて嬉しいわ」

結合の感動から我を忘れる少年の頭を、温かい手のひらで優しく撫でる。

目にうっすら涙を浮かべ、よくできたね、と初挿入を褒めてくれる。

「ああ、美雪お姉ちゃん」

「裕くん、いい子ね」

「むふっ、お姉ちゃん、好きい、大好きいっ、んむぅぅ」

「アンン、またキスぅ、んんんん」

ついに童貞を喪失した喜びから、再びのキスで思いの丈を伝える。

きつくつながりながら交わすベーゼは、頭が真っ白になるぐらい気持ちいい。

「んふ、ちゅううう、お姉ちゃあん」

「んむうう、すごいわ、あっという間にキスが上手になって、んんんっ」

舌をチロチロと擦り合わせれば、これまでにない快感がおち×ちんを襲う。

蠕動《ぜんどう》するおま×このヒダヒダが、早く出してと吸いついてくる。

「はあうっ、なにこれ、キスしたらおま×こがグチュグチュッ、て締めつけるよぉっ」

「アンッ、おち×ちんがビクンッ、て跳ねてるのぉ、裕くうん」

「くううっ、もうダメッ、また出ちゃう、うわあぁぁっ」

脳天を貫く心地よさに耐えきれず、十二歳の若勃起は早くも決壊する。

びゅるんっ、びゅるるるんっ、ずびゅるるるるるるんっ。

幼い肉棒は蠢《うごめ》く蜜壺に包まれながら、一度の抜き差しをすることもなく果てていた。

「はあはあ、おま×こにドピュドピュするの、気持ちいい、ふあああ」

精を吐き尽くした少年は安らかな表情で、Gカップのおっぱいへ沈み込む。

すべてを癒やす豊饒《ほうじょう》の海で、気怠《けだる》い恍惚感に包まれ揺蕩《たゆた》っていた。

だが波打つおっぱいにぐったりするかと思いきや、はっ、として顔を上げる。

「うふふ、いっぱい出してくれたね。お姉ちゃんのおま×こ、裕くんのミルクでいっぱいよ」

「ふえ、あの、お姉ちゃん」

汚れない聖域に牡の精をたっぷり注がれ、美雪お姉ちゃんは満足げな表情だ。

愛する少年のエキスをその身に受けて、白い頬も茜色に染まっている。

「なあに、そんな悲しそうなお顔をして、お姉ちゃんが初めてでイヤだった？」

「そんなことないよ。ただ、その、ごめんなさいっ」

「アン、どうして謝るの、裕くんは立派なことをしたのよ」

唐突に謝る裕太に怪訝《けげん》な顔を浮かべる美雪だが、すぐに思い当たる。

まだ小学六年生の子供でも、早出しはみっともないという意識はあるのだ。

大切な初体験で一度も腰を動かさず吐精したのだから、無理もなかった。

「ピュッピュしたことなら気にしなくてもいいの。男の子はそれがお仕事なんだから」

「うう、だって」

「元気を出して。お姉ちゃんもおち×ちんミルクをもらえて嬉しいの」

「ホント？　お姉ちゃん」

「ホントよ、それにおち×ちんはまだ硬いままでしょう、エッチのことならこれからいっぱいお姉ちゃんと練習しましょ、ね？」

愛しげに頬を撫でてくれるお姉ちゃんが、嘘を言うはずはなかった。

少年の初めてを華やかなものにしてあげたいという思いが、ひしと伝わってくる。

落ち込んだ心に活力を与える女神の笑みに、ようやく元気を取り戻す。

「うん、ありがとう。僕、お姉ちゃんが初めてでホントによかったよ」

「それでいいのよ。やっぱり裕くんには笑顔が似合うわ」

わだかまりが解ければ、裕太と美雪はいつ終わるともなく見つめ合う。

虚空に弾ける無数の花火が、身も心も一つになった若いカップルを祝福していた。

「ふふ、それじゃエッチのレッスン、始めましょうか？」

「はい、お姉ちゃん」

燦然《さんぜん》と輝く星の下で、耳元で息を吹きかけるみたいに囁いてくる。

清楚で淑やかな声なのに、堪らなく妖艶だ。

「まずは腰を前に動かしてみて、もっと気持ちよくなれるのよ」

「腰を？　うんっ、やってみるっ、くうううっ」

「んんうっ、そうよ、いったん腰を引いて、それから前へっ、はあああんっ」

吐精しそうな少年を宥《なだ》め、お姉ちゃんは導いてくれる。

言われたとおり、快感にビクつく腰を懸命に打ちつける。

「うああっ、なにこれえっ、おま×こがキュウッ、てして、おち×ちんがどうにかなっちゃうっ」

「んふうっ、上手よ。もっと動かしてえ、リズムに合わせておち×ちんツキツキしてえっ」

「お姉ちゃん、わかったよ、たくさんズンズンしちゃうぅ」

「アアアンッ、裕くうん、それ速いぃぃっ」

二度も放出して余裕ができたからか、少年の腰遣いは大胆になっていた。

蜜壺にたっぷり絞られながらも、幼根はムクムクッ、と急激に体積を増す。

「きゃあんっ、裕くんのおち×ちんがいきなり太くう、どうしてぇぇっ」

「おま×こすごいよおっ、おち×ちんにいっぱい吸いついてくるうぅぅっ」

「アンッ、はあんっ、そんなに大きくなっちゃイヤあ、お姉ちゃんも感じちゃううっ」

目覚めた獣性に呼応するように、十二歳のペニスも逞しく変貌していた。

次々と打ち上げられる閃光に照らされながら、猛る剛直を突き入れる。

「あううっ、おま×こ気持ちいいっ。おち×ちんが我慢できないいっ」

「お姉ちゃんも裕くんのおち×ぽが好きなのお、こんなの初めてぇぇえっ」

「僕もどうにかなっちゃう。うああっ、おち×ちんが止められないよぉっ」

「キャアアンッ、また激しくうう、イヤあぁぁっ」

突如変貌するピストンに、しなやかな女体は驚きつつも感じていた。

ズンズンと小学六年生の肉棒が、巨乳美女の蜜襞を思うさま蹂躙《じゅうりん》する。

「アアン、裕くんこっち向いてえ、お姉ちゃんとキスッ、キスしましょっ……んむうう」

「あううっ、むちゅううっ、お姉ちゃあん」

顔を上げた瞬間、再び唇を奪われる。

突き出した舌先をチロチロと絡めれば、頭の芯までピンク色に染まる。

「むふうっ、裕くんっ、んちゅうぅぅ」

「お姉ちゃんっ、んはああん」

だがキスの快楽に酔いしれても、裕太は獣欲の腰運動を緩めなかった。

ひと突きごとに九十八センチのおっぱいが揺れ、乳首もいやらしくしこり立つ。

ピクピクと桃色の乳頭が痙攣するさまは、見ているだけで射精しそうだ。

「裕くんたら激しすぎるわ。おち×ちんも逞しいの。キャアアンッ、おっぱい吸っちゃダメぇぇっ」

「んちゅううっ、おっぱい、お姉ちゃんのおっぱい」

ツンと浮かび上がる乳首を舌で転がしつつ、本気のピストンでガンガン責める。

急速にさまになった腰遣いに、美雪はもうメロメロだった。

「アンッ、アンンッ、アアアンッ、もっと突いてえっ、奥まで突いてぇぇぇぇっ」

「ふわああっ、もうダメだよっ、おち×ちんが出ちゃうっ、またドピュドピュしちゃうぅっ」

「いいのよ、溢れるぐらいドックンして……裕くんのミルク、いっぱいちょうだいっ」

満開の花火が咲き乱れるなか、裕太は最後の瞬間へ向け、ラストスパートをかける。

ガンガンと逸物を繰り出し、大好きなお姉ちゃんを我が物にすべく制圧する。

美雪も長い美脚を少年に絡め、もっと突いてと切なくおねだりしていた。

「お姉ちゃん、お姉ちゃんっ、お姉ちゃあんっ、もうダメッ、出るぅぅぅぅっ」

「お姉ちゃんもイッちゃうううっ、裕くん、裕くんっ、裕くうううううんっ」

「あああああっ、出るっ、おち×ぽ弾けちゃうぅぅぅぅっ」

小学生とは思えぬひと突きが、女のもっとも大切な子宮へ到達する。

直後に牝膣は複雑に蠕動し、ちぎらんばかりに若牡を絞り立てる。

脳裏にスパークが走った瞬間、クライマックスを告げる大花火が虚空に弾けていた。

びゅるっ、びゅるるるるっ、ずびゅるるるるるうううううっ。

「裕くんのおち×ちんがびゅるびゅるって。ああぁんっ、すごいぃぃぃぃっ」

「うああぁっ、止まんないっ、おち×ちんピュッピュが止まんないよぉっ」

「はああんっ、イクッ、小学生おち×ちんでイッちゃうっ、イッくうううっ」

昼間と見まごう光のなか、逸物が最奥を貫き、先端から最大限の喜びが爆発する。溢れる精は濁流となって、汚れなき花園のすべてを犯し尽くす。

至福の愉悦に包まれながら、十二歳と二十歳は年齢差を超えて真に一体となる。

「はあああ、ダメッ、全然止まらない、おち×ちんが止まらないいいっ」

「アアンッ、お姉ちゃんも溺れちゃう。おち×ちんミルクでどうにかなっちゃううっ」

オーガズムの渦に呑み込まれ、アップにまとめた黒髪が千々に乱れてしまう。

ロングヘアを艶やかに靡《なび》かせ絶頂に浸るお姉ちゃんは、震えるほどの美しさだった。

「はあはあ、ふうう、すごいよお、お姉ちゃんのおま×こ凄すぎだよぉ」

「裕くん、うふふ、よく頑張ったわねえ、よしよし」

欲望のすべてを開放し、精根尽き果てた裕太はGカップの中へ再び沈み込む。

柔らかな膨らみにムニュリと包まれ、満足感だけが少年を支配していた。

母性に目覚めた美雪は頭をナデナデしつつ、優しく労《ねぎら》ってくれる。

「よくできましたね。おち×ちんいっぱいズンズンして、ドピュドピュもして、裕くんは偉いわ」

「はああ、お姉ちゃん、大好きぃ」

「お姉ちゃんも好きよ。お顔はかわいいのにこんなに逞しくなっちゃって」

荒く息を吐きながら、絶頂の余韻に酔いしれる。

ひんやりとした板敷きの上で火照った身体を密着させ、ひしと抱き合っていた。

「んんん、お姉ちゃん、ずっといっしょにいようね、うんん」

「そうね、裕くん……」

でも美雪は胸中で安らぐ少年を見て、ふと悲しげな表情を浮かべる。

賑やかだったお祭りもいつしか終わり、辺りはしんとした静けさに包まれる。

すべての喧噪が掻き消えた空間で、穏やかな月の光だけが二人を照らしていた。

「裕くん、起きてるかしら？」

「んんん、お姉ちゃん」

声をかけるが、返ってくるのは寝言だけだ。

激しすぎた行為のためか、少年は気絶するように眠りこけている。

「寝ちゃったのね。でもこれでいいのかも、別れを告げるのはつらいから」

意味ありげな台詞を呟きながら、美雪は少年を板敷きの上に寝かせてあげる。

風邪を引かないよう裸体に服をかければ、あどけない寝顔にそっとキスをする。

「こうして置き去りにするお姉ちゃんを許してね、裕くん」

さっきまで慈愛に溢れていた美雪の瞳には、悲痛な憂いの色が浮かんでいた。

「でも最後にあなたと愛し合えて思い残すことはないわ。ありがとう」

かけがえのない存在となった少年の身体を撫でながら、美雪は乱れた浴衣を直す。

最初で最後の契《ちぎ》りを結んだのも、すべては裕太への思いを断ち切るためだった。

「さようなら。もう二度と会うことはないわ」

一筋の涙が頬を濡らせば、悲しげな足取りで境内裏《けいだい》をあとにする。

満ち足りた表情で寝入る裕太は、もちろんそのことを知るよしもない。

花火大会の終わった星空は、いつもよりよけいに侘《わび》しく煌めいてた。

第二章　二人の巨乳お姉さんと僕

猛烈な残暑の日差しは、宴《うたげ》の余韻に浸る町の隅々まで容赦なく照らしていた。

行き交《か》う人々も、あまりの熱気に過去を懐かしむことさえ忘れたみたいだ。

それは町のもう一つの目玉である、河川公園に面したキャンプ場も例外ではなかった。

「ううっ、蒸し暑いなあ、いつまでここで待てばいいんだろ」

町が経営する有料キャンプ場の受付事務所は、ログハウス風の建物内にある。

昼下がりのうだる熱気のなか、カウンターに腰掛け、来客を待つ少年の姿があった。

胡乱《うろん》な目つきで虚空を見上げているのは裕太だった。

「叔父さんもいくら忙しいからって、僕一人だけにすることないのに。他のお客さんが来たらどうしよう」

八月も終わりにさしかかれば、本格的なキャンプシーズンの到来である。

裕太も、叔父がキャンプ場の職員という関係から、夏休みの間だけ手伝いをしている。

一人事務所で留守番中だが、少年の胸に去来するのは大切なあの人のことだけだった。

「ああ、美雪お姉ちゃん」

宙を見つめながら、お祭り最後の夜に結ばれたお姉ちゃんのことを思う。

長年の恋を実らせ一つになれたのに、待っていたのは残酷な別れだった。

「もう二度と会えないなんて嘘だよね……あんなに好きって言ってくれたのに」

互いの思いを告白し結ばれたのは、まだほんの三日前でしかない。

なのに愛しい人は何も告げず、少年の元を去ってしまった。

胸にぽっかり空いた喪失感を抱えながら、つい先日の出来事を回想する――。

「ええっ、お姉ちゃんはもういないって、どういうことですか！」

豪壮な入母屋《いりもや》屋根が特徴の老舗旅館は、朝から多くの観光客で賑わっている。

この地で指折りの高級旅館の女将は、田舎町の名士であり有力者でもある。

裕太はその裏手にある搬入口で、艶やかな和服姿の美女と話し合っていた。

「言葉のとおりよ、裕ちゃん。あの子はもうしばらく戻ってこないわ。大事な用があるの」

「大事な用って、大学はまだお休みのはずなのに。何かあったの？」

「ええ、とっても大切なことなの。あの子の将来に関わることよ」

桔梗《ききょう》柄の鮮やかな着物姿の美人は、女将であり美雪の母でもある澪だった。

よく似た色白の面立ちと、娘を凌ぐスタイルは四十路に見えない若々しさだ。

しかし美しい黒髪をまとめた立ち振る舞いは、女将と呼ばれるに相応《ふさわ》しい気品があった。

「お姉ちゃんの将来って、もしかして病気とかでしょうか？」

「あら、それはないわ。いたって健康よ、安心して」

祭りのあと、御堂の裏に残された裕太は、翌日美雪の実家である旅館を訪れていた。

突然消えてしまった理由を聞こうとしたからだが、応対に現れたのは母の澪だった。

「それじゃあいったいどんな理由があって、昨日のお祭りも途中で帰っちゃったし」

言いかけて、途中で口を濁す。

まさか花火大会の最中、お姉ちゃんと悦楽に耽っていたとは言いづらい。

澪も気づいていないのか、妖艶な泣きぼくろを歪ませ微笑するだけだ。

「そうね、ホントは来月の会合まで内緒にしておきたかったけど、裕ちゃんは従兄弟だし知っておいたほうがいいかしら」

「えっ、どういうこと、澪さん」

血縁上は義理の叔母に当たるが、裕太は幼い頃から「澪さん」と呼んでいる。艶めいた肌に和服の上からでもわかる美巨乳は、美雪と並んでも姉妹にしか見えない。

そんな美しい女性をおばさんと呼ぶには、あまりにも抵抗があるからだった。

「あの子は今、大学のある街に戻っているの。これから結納の儀を行うためにね」

「ゆいのう、それって、まさか」

「そう、結婚するのよ。無論大学を卒業したあとにだけどね。こういうことは早いほうがいいから」

明かされる驚愕の事実に、少年は雷に打たれたみたいに固まっていた。

頭の中は真っ白になり、啞然としたまま指一つ動かせない。

朝から鳴きつづけているヒグラシの声が、いつまでも耳に残り離れなかった。

「結婚、嘘、そんなことありえないよっ」

「驚くのも無理はないわね。でもあの子も承知していることなのよ」

「承知、お姉ちゃんは、じゃあもうずっと前から？」

「ええ、ちょっと早いと思ったけど、先方も了承済みなの。あちらは代議士の家系だし、家格としても申し分ないわ」

家同士の思惑など、小学生の裕太にわかるはずもない。

だが美雪は婚約が進んでいることを知って、裕太と肌を重ねたというのだろうか。

「あの子は小さい頃に父親を亡くしたし、私としても早く落ち着かせてあげたいの。幸いいい人が見つかったから、これで一安心ね」

上手く縁談がまとまったせいか、澪の表情は晴れやかなものになっていた。

ふだんは女将として毅然とした面持ちだが、甥っ子である裕太には優しい顔を見せる。

「あらごめんなさい。こんなお話、小学生の裕ちゃんには難しかったかしら？」

「いいえ、大丈夫です。ちゃんとわかります」

「そう、なら祝福してくれるわよね。美雪は裕ちゃんを弟みたいにかわいがっていたから」

「おとうと……そっか、そうなんだ、僕は」

笑顔で話す澪の何気ない一言を受け、少年の心は闇に包まれる。

美雪にとって自分は弟でしかなかったのだろうか。

「弟、おとうと……僕はお姉ちゃんにとって、弟なんだ」

深い溜息を吐けば、周囲もまた暗く沈んだ雰囲気に包まれる。

ドロドロとした漆黒の何かに、底なしの深い闇へ引き込まれる感覚だった。

そのまま黒い妄想に沈殿するかと思ったが、不意に自動車のブレーキ音が耳を突く。

「ふわっ、この音っ、まさかっ？」

騒音に我へと返れば先ほどまでと変わらない、暑苦しいログハウスの中だった。

天井で回るシーリングファンが、カラカラと嘲笑うように空《むな》しい音を立てている。

慌てて壁時計を見ると、もう来客の予定時刻になっていた。

「いけない、もうお客さんが来たんだ。早くお出迎えしないと、ううっ」

失恋の痛手に悩む少年だが、いつまでも落ち込んではいられなかった。

頭をブンブン振って妄想を払えば、シートから跳ね起きる。

「そういえばお客さんの名前聞くのを忘れてたな、いったいどんな人が来るんだろう。

わあっ？」

慌てて応対に飛び出れば、事務所前に止まった高級大型車に度肝を抜かれる。

それは今まで見たこともない、光り輝く外国製の巨大なSUVだった。

「うわあ、大っきいなあ、これがお客様の車なのかな？」

大きいだけでなく、洗練されたデザインの外車に興味を持たない男子小学生はいない。

少年の背丈を優に超える巨大さに、声をかけるのも忘れ夢中になって眺めていた。

「こんな車初めて見るよ。いったいどんなお金持ちが乗ってるんだろ。あっ?」

疑問に答えるかの如く、目の前でガチャリと後部座席のドアが開く。

逆光を浴びながら降りてきたのは、澄んだ声音《こわね》のうら若い女性だ。

「うふ、ありがと鎌田さん。お迎えは三日後でお願いするわ」

流れるようなロングの金髪に、陶器人形めいた容姿の長身美女は鮮烈な印象だった。

美貌に違わぬ颯爽とした佇まいは、舞台女優みたいな存在感で少年を圧倒する。

「はあー、空気が美味しいわねえ。日差しも気持ちよくて、絶好のキャンプ日和だわ」

美脚を引き立てるホットパンツと、大胆にもおへそが丸見えなブラウスは眩《まぶ》しすぎだ。

健康的な肌とサンダルから覗く真っ赤なフットネイルが、情熱的な性格を思わせる。

風に靡《なび》く金髪をまとめながら、見事なプロポーションで周囲を観察していた。

「でもおかしいわね、たしか係員の人が待っててくれるってお話だけど、あら?」

「あのう、もしかしてご予約頂いてた方ですか。たしか二人連れとうかがったんですけど」

「きゃあああっ、かわいいっ。どうしたの坊や、迷子になったの？」

「わぷっ、何をするんですかっ、ふわああああっ」

声をかけた途端、瞳を輝かせたお姉さんによってたわわな爆乳へ抱きしめられる。

ムニユリとした絶大な触感に顔面を包まれ、少年は急激な窒息感に襲われる。

「うーん、すべすべでツヤツヤ、まだ声変わりもしてないのねえ。もしかして小学生なのかなあ、坊やは」

「はい、六年生です、ううううっ、苦しい、おっぱいで息が、むふううう」

(うう、この人、美雪お姉ちゃんよりもおっぱいが大きいかもお)

見た目によらずかわいい物が好きなのか、金髪お姉さんは頰ずりしつつ少年を愛でる。

刺激的な香水とバッチリ決まったメイクの芳《かぐわ》しさに、頭がクラクラする。

「うふふ、冴えない田舎町って聞いてたから期待してなかったけど、まさかいきなりかわいい子に会えるとは思わなかったわ」

「はああ、もう僕、どうにかなっちゃいそう、ふえええ」

もはや来客の応対や、相手の素性を尋ねることも忘れていた。

そのまま乳圧で昇天するかと思いきや、ドアからそろりともう一人の人物が姿を現す。

「もう、いけませんわ楓《かえで》さん、あまり子供をいじめては」

優しげで心地よい声に耳をくすぐられ、裕太は正気を取り戻す。

楓と呼ばれた女性を窘《たしな》めたのは、花柄ワンピース姿の絵に描いたお嬢様だった。

亜麻《あま》色のロングヘアは緩くウェーブがかかり、整った面立ちは高貴さすら感じられる。

ゴシック調日傘を差しコサージュで飾られた帽子と、深窓の令嬢風な装いである。

「あら梓紗《あずさ》、あなたも見て、とってもかわいい男の子がいるのよ」

「うぎゅううう、あの、そろそろ離してくださいい」

「だからおやめなさいってば、苦しんでいるでしょう？」

「わかったわよ、あいかわらず野暮ねえ。せっかくのバカンスなのにもっと楽しまないと」

ご機嫌だった金髪美女もおっとりゆるふわお嬢様に注意され、マズいと思ったらしい。

不満げな顔をしつつ、ようやく解放してくれる。

「はあぁ、ふうう、死ぬかと思ったぁ」

「ごめんなさいね、この人は加減を知らないの。大丈夫だった？」

「はい、ありがとうございます。もう平気でしゅうう」

地面に下ろされ、ふうっ、と息を吹き返し、何とか人心地つく。

心配そうに顔を覗き込んでくれる亜麻色の髪の美人は、慈愛の女神にも見える。

だが少年としては、あのままたわわな双丘に挟まれ窒息しても悔いはなかった。

「ふーんだ、外面《そとづら》がいいんだから。ねえ坊や、それよりもこの事務所の係員の方を知らない？」

「そうですわねえ。予約時間ぴったりに来たのに、どこにもいないなんておかしいですわ」

「ゴホッ、いえ、あの、僕が案内役を務めている者です」

苦しげな息の下で自分が代わりであることを告げれば、二人の美女は揃って驚く。

「まあ意外ですわ。でもあなたまだ小学生でしょう？」

「あきれた。こんな小さな子を働かせるなんて、遵法意識がなってないわね」

「いえ、ここは町が経営するキャンプ場ですから、子供でもお手伝いをすることが許可されてるんです」

怪訝な顔つきの女性たちに向かい説明すれば、根が素直なのかすぐ納得してくれた。

少し頷《うなず》くだけで、衣服に包まれた豊満な膨らみがたゆんと揺れる。

タイプは違うが二人共、女性にしては長身で息を呑むほどの爆乳の持ち主である。

「そうだったの、偉いわあ、まだ小さいのにね」

「予約を申し入れたときは年配の方でしたから、てっきり案内役もその方だと思いました。不躾ですみません」

「いいえ、誤解が解けたようでなによりです。僕はみなさんの案内を務める坂井裕太といいます、よろしくお願いしますね」

折り目正しい少年の挨拶を受け、派手目お姉さんもゆるふわお姉さんもご満悦だ。

美雪よりやや年上に見えるが、両者共片田舎のキャンプ場には不釣り合いな美しさだ。

「ふふっ、それじゃ私たちも自己紹介しなくちゃね、私は妹尾《せのお》楓よ、よろしくね」

「私は風見《かざみ》梓紗と申します、今回の案内をお引き受け頂いてありがとうございます」

対称的な容姿の美女達から揃って挨拶を受ければ、途端少年の頬も赤くなる。

「こちらこそよろしくです、ただ案内と言われても、キャンプ場の使用や禁則事項をお伝えするだけなんですが」

「あらそうなの、テントを立てたりお食事の用事まで全部してくれるって聞いたんだけど」

「ええっ、そんなことは、わっ、何ですかこれ？」

戸惑う少年をよそに、大型SUVからはキャンプ用の荷物が運び出されていた。

テントだけではなく、二人の私物と思《おぼ》しきトランクまでと、そうとうな分量だ。

「すごい量だなあ、これ全部、みなさんの荷物なんですか？」

「ええ、私たち初心者ですから、キャンプに必要な物を業者の方にうかがったら、すべて揃えてくださったんです」

「そうそう、けっこう親切だったわね、あのおじさん。お任せするって言ったら快く引き受けてくれたのよね」

笑顔で経緯を語るが、運び出される荷物の量はとても女子二人分とは思えない。

聞いた話では、せいぜい一泊程度のはずなのだ。

「あの、キャンプをするのはお二人だけって聞いたんですけど、そのわりには多くないですか？」

「そうなのかしら、なにせ初めてだもの。お金に糸目はつけませんって言ったらこの量になっちゃったの」

「お金にって、うわあ、このテントすごいや。超有名メーカーの一級品じゃないかっ」

次々と地面に置かれるキャンプ用品を見て、裕太は感嘆の声をあげる。

それは簡易式ベッドも備えた、誰もが羨《うらや》む海外有名ブランドの高級テントだった。
五、六人は入れる大きさで、ネットで検索しても五十万はくだらない代物である。
「このコンロも欲しかった物だ。バーベキューだってできちゃいそうだよぉ。ふえっ、最新鋭のポータブルエアコンまであるんだぁ」

どれも少年のお小遣いでは、とても手が届かない高級メーカー品に目を見張る。

夢中になってあれこれ解説するさまに、美女たちも感心したようだった。

「あら、裕太さんはやはりこういう物に目が利きますのね」

「はい、子供の頃からキャンプや山登りは好きだったから、大人によく交じって教えてもらったんです」

「ふうん、偉いのねえ。インドア派かと思ったけど、意外とアウトドア派なんだ」

お世辞に照れていると、この程度の知識もないお姉さんたちが不安になる。

きっとこれではテント一つを張るのにも、日が暮れてしまうだろう。

元々お節介焼きの裕太のなかで、なんとかしてあげたという気持ちが湧き上がる。

「わかりました。初心者の方だけでは心配だし、今回は僕にみなさんのお手伝いをさせてください」

「ホント？　嬉しいっ。ボクくんたらかわいいだけじゃなくて優しいのねえ、素敵よぉ」

「うひゃあっ、またそんなっ」

協力を申し出れば感激した楓にギュッ、と再び抱きしめられてしまう。

「うーん、いい子ねえ、ボクくん。お姉さんますます君のことが好きになっちゃったかも」

「ふええ、いきなりギュウギュウしないでえ、それとボクくんって？」

「あら、そっちのほうがかわいいでしょ。それともボクちゃんがいいかしら？」

「いえ、ボクくんでけっこうです」

初対面のお姉さんに激しいスキンシップを受けるが、なぜか悪い気はしない。

タイプはまるで異なるが、どこか美雪と似た印象を受けたからだった。

「こちらこそよろしくお願いしますね、裕太さん。どうなるか不安でしたけどこれでひと安心ですわ」

「僕のほうこそ足手まといになるかもしれませんけど、お願いします。うぐうう」

「まあ、ご謙遜を。それより楓さん、会ったばかりで馴れ馴れしすぎですわよ。裕太さんも困ってらっしゃいます」

お礼を述べる梓紗も、裕太の誠実な心根に好感を抱いたふうに見える。

いつまでもおっぱいに沈めたままの友人を、溜息を吐きながら咎《とが》めてくれる。

「あら、梓紗も加わる？　あなただって、ボクくんみたいなかわいい子が好きでしょ？」

「ゴホンッ、誤解される言い方はおよしになって。教育学部の院生として興味があるだけですの」

図星を突かれたのか、呆れた顔の梓紗は途端頬を赤らめる。

「あの、ではそろそろ設営を始めませんか。僕が場所の候補をお見せしますから、そこから選ぶというのはどうでしょうか？」

ようやく悶絶地獄から解放された裕太は、次の行動に移ることを提案する。

「いいアイデアね。私たちも初めてだし、もちろん賛成よ」

「ええ、すべて裕太さんにお任せいたします。ここは経験者の方のご意見を参考にしますわ」

「なら早速始めましょうか。鎌田さーん、またお願いできるかしらー」

楓が声をかければ、荷物を持ったスーツ姿の男性は再び車のトランクへと詰めはじめる。

どうやらただの運転手ではなく、お世話係も兼任しているらしい。

そんな執事みたいな人物がついてるなんて、この二人はやはりすごいお金持ちなのだ。

「さ、案内してね、ボクくん。せっかくだから鄙《ひな》びた道をお散歩しましょうか」

「ふふ、こんな草深いところなんて滅多に来ないから新鮮ですわ」

「はい、ではこちらです」

微妙に田舎を馬鹿にする言い方だが、きっとお姉さんたちに悪意はないのだろう。

少年を囲むようにして、緑の生い茂る白樺の並木道を仲よく連れ歩く。

「意外とこざっぱりしてるのねえ。もっと鬱蒼《うっそう》としてジャングルみたいな世界だと思ってたわ」

「失礼ですわよ、楓さん。でもこんな風景、都会にいたんじゃ全然味わえませんけど」

木々のざわめく景観に慣れていないのか、ちょっとした発見にも瞳を輝かせている。

贅沢な装備に世間知らずの振る舞いを見るかぎり、やはりただの一般観光客とは思えない。

「あのう、お二人はいったいどういう関係なんですか。姉妹には見えないんですけど」

「そういえば言ってなかったわね。私たちは幼稚園から大学まで同じの旧友、ってところかしら」

「はい、私は現在は大学院生ですけど、楓さんは自由業、でしたっけ？」

「自由業じゃなくてファッションコーディネーターって呼んで。これでもいちおうモデルからデザインまでやっちゃうんだから」

少年の疑問に顔を見合わせれば、セクシーなポーズを取りながら教えてくれる。

均整のとれた見事なプロポーションは、モデルと言われればたしかに納得がいく。

「はあ、モデルと大学院生ですか、なんだかよくわからないけどすごいや」

「まあ実際は、親の起《た》ち上げたブランドの手伝いをしてるだけだけどね。大学院生だって似たようなものでしょ？」

「あら、人をすねかじりみたいに言わないでくださる？　とはいえ当たらずとも遠からず、ですけど」

自嘲気味に語る梓紗は、別に気分を害しているわけでもなさそうだ。

ゴスロリ日傘をクルクルと回転させ、むしろ少年と話すことを楽しんでいるふうに見える。

いずれにせよこのお姉さんたちは、美雪と同じようにそうとう裕福な家の出なのだろう。

「でも梓紗はいつも大学に籠《こも》ってまるで外に出ないでしょう。だから私が気分転換に誘ってあげたのよ」

「ええ、その点については感謝してますわ。そうは見えないでしょうけど、大切な幼馴染みですもの」

「見えないってどういうことよ。私とあなたとじゃ釣り合わないとでもいうの?」

「まあ、楓さんたら怖い顔ですわ。二十代も後半になると小ジワが気になるのかしら」

「同い年のくせに何を言ってるの。お肌の曲がり角はそっちもいっしょじゃない」

「あら、私は二十四ですから、まだ二十代前半でしてよ?」

「それは、あなたが早生まれだからでしょっ」

啞然とする少年の前で、弾丸の応酬みたいなやりとりが繰り広げられる。

傍から見れば痴話喧嘩みたいだが、二人は笑顔のままである。

互いを幼馴染みという楓と梓紗にとっては、きっとこの会話こそが日常なのだ。

騒ぎつつも小路を抜ければ、輝く山嶺に青々とした野原が広がる景観に感嘆する。

「やっと着いたのねえ、広くていい見晴らしだわぁ。遠くの山も雄大だし、ここがいいんじゃない？」

「ええ、異存はありませんわ。さすがは裕太さんのおすすめの場所ですわね」

「そうですか、じゃあここにテントを立てましょう。先ほどの車の人にここへ来るよう伝えてください」

少年に促《うなが》され、再び荷物が送られれば、改めて巨大さと物量の多さに圧倒される。

やはりどう見ても、か弱い女性二人でなんとかできる代物ではなかった。

梱包された荷物を紐解き折りたたまれたテントを広げ、設営に取りかかる。

「ええと、このタイプはまずはここをこうして、と」

「あらボクくん、まずは柱を立てるんじゃないの？」

「いえ、このテントは大型だから、まずインナーテントを組み立てて、ポールを通さないといけないんです」

さすが経験者だけあって、裕太の手つきは手慣れていた。

お姉さんたちも少年の指導を受け、感心しながら設営に励む。

「まあまあ、裕太さんたらすごいですわ。まだお小さいのにせわしなく動いて」

「ホント、ボクくんたら、見かけによらず頼りがいがあるわねえ」

「そりゃあ慣れてるから。次はペグでテントを固定しないと。そこは気をつけないとシワになるから注意して」

鄙には希《まれ》な美女たちに囲まれれば、格好をつけたくなるのは男の性《さが》かもしれない。

いつの間にか少年の口調も、親しげなものへと変化していた。

もっとも梓紗のほうは疲れてしまうと一人チェアに腰掛け、観察するだけだが。

「うふふ、さすがは手慣れてますわねえ。これなら裕太さんに任せても大丈夫かしら」

「ちょっと何見てるのよ梓紗。あなたもお手伝いしなさい」

「あら、だって私こういう作業は向いてませんの。手が疲れてしまいました」

楓の非難などどこ吹く風で、すました顔のままで読書に耽っている。

たしかに装いといい、細く華奢な見た目といい、この種の作業に向いていない。

「ごめんね、ボクくん。この子はいつもこうなの。気にせず私たちだけで作業しましょ」

「ううん、かまわないよ。たしかに風見さんにはつらそうだし、ここは僕に任せて」

「ホントに頼もしい。でも風見さんだなんて他人行儀ですわ。私のことは梓紗とお呼びください？」

「ええっ、いや、でも初対面のお姉さんを呼び捨てにするわけには」

優雅に腰掛けるワンピース美女に微笑まれ、初心《うぶ》な少年はドキリとする。

穏やかな笑みを浮かべた梓紗の横顔は、どこか美雪に似ていた。

「遠慮しなくていいのよボクくん。あっ、私も楓って呼んでほしいなあ」

「ではその、楓さん、梓紗さん、これでいいですか？」

「上出来よ、やっぱり僕くんはかわいいわねえ」

「裕太さんたら、そのおっしゃり方、とても愛らしいです」

「ううっ、それはそうと早く片付けてしまいましょう。なんだか僕もやる気が出てきました」

何気ない自身の行為を褒めてくれるお姉さんたちは、天使みたいに思えた。

ついさっきまで失恋の痛手に苦しんでいたとは思えぬほど、裕太は張りきっている。

現金だと思うが、美女に囲まれ華やかな雰囲気に浸ればつい夢中になってしまう。

「よしっ、これで、おわり、と」

「やったわ、ついに完成ねえ。おめでとう、ボクくん」

「ホントにすごいですわあ、裕太さん」

やはりこれほどの大型テントは、子供の手には余る。

それなりに経験のある裕太でなければ、もっと時間がかかるところだった。

聳《そび》える大型のドームテントを前に、裕太と二人のお姉さんは感慨深げに見上げる。

「このタイプは以前組み立てたことがあったから。少し大きいけど、仕組みは同じだし、うわっ？」

「うふふ、謙遜しなくていいのよ。君がいなかったら私たち、どうしたらいいかわからなかったんだもの、えいっ」

「はうう、またそんなギュッ、としたら、ふあああ」

「あーん、かわいいだけじゃなくって礼儀正しいのねえ。うふっ、お姉さんがいろいろ教えてあげたくなっちゃう」

またもや受けるご褒美抱擁に、もはや反抗する気力さえ湧かない。

梓紗お姉さんも止めることもなく、和やかに少年と美女の触れ合いを見守っていた。

「ふう、でも作業して汗をかいちゃったわ。どこかにシャワーでもないかしら」

見た目に違《たが》わず身だしなみを気にする楓は、べたついた肌に顔を顰《ひそ》めている。

こまごまと動いて玉のお肌が汚れたことを気にするのは、お嬢様なら当然だった。

「シャワールームは少し遠いけど、あっ、でもこの近くの小川なら水浴びできると思うよ」

「ホント？　じゃあそこへ行ってみましょう。案内してもらえるかしら」

「うん、では着替えを用意して行きましょう。梓紗さんはどうしますか」

「私は汗をかきませんでしたから遠慮いたします。お二人だけでどうぞ」

水浴び、と聞いて楓は瞳をときめかせるが、梓紗はしおらしい表情のままだ。

作業に参加していないせいか、まるで汗もかかず衣服も乱れていない。

「そうなんですか、わかりました。では留守番をお願いします」

「はい、しばらく本を読んで時間を潰します。ここは風も気持ちよいですし絶好の読書環境ですわ」

すました顔のままやんわりと遠慮をするあたり、いかにも令嬢といった雰囲気だ。

「ふふ、梓紗はこういう子なのよ。さ、いきましょぉボクくん。いっしょに汗を流しましょうねー」

「うわあ、押さないでくださあい。それでは梓紗さん、行ってきます」

「ええ、行ってらっしゃいませ。裕太さんも楓さんもお楽しみくださいね」

乗り気の楓に肩を押され、一路水浴びのできる小川のほとりへ出発する。

含みのある笑みを浮かべた梓紗は、促される少年を手を振って見送っていた。

＊

その滝壺の傍らには、ずっと昔からご神体である巨大な御影石《みかげいし》があった。

注連縄《しめなわ》の巻かれた巨岩は、まるで辺り一帯の生命を見守るかの如く鎮座している。

周囲の雰囲気も厳かで、川の流れる音さえ静かに、そして秘めやかに響く。

「わあきれーい。近くにこんな滝があるなんて思わなかったわ」

「ここも名所の一つなんだよ。あの大きな岩がご本尊で信仰の対象なんだ」

「へえ、たしかに大きいわねえ。五メートルぐらいはあるのかしら、神々しいわぁ」

少年の指差すほうを見て、楓は壮麗な自然の眺めに嘆息している。

入り組んだ土地のせいか滝の流れる音以外は聞こえず、静寂が荘厳さを増す。

隠れた観光スポットとして知られる地を案内できて、裕太も自慢げだ。

「こんな素敵な場所を知ってるなんて、やっぱりボクくんに案内をお願いしてよかったわ」

「えへへ、それほどでも」

「ふふっ、辺りに人影もいないし、ここならたっぷり楽しめそうね」

「へっ、何をする気ですか、ひゃっ、えええっ!?」

怪訝な表情の裕太の傍で、楓はいきなり衣服を脱ぎはじめる。

「あわわっ、いきなり服を脱ぎ出すなんて何をするんですかっ」

「だって暑いんですもの、こうしないと水浴びもできないでしょ」

赤面し顔を伏せる少年を横目に、ブラウスのボタンを外しホットパンツを下ろす。

するすると、衣擦れの音がやたら艶めかしい。

「ふわあ、こんなところでなんてことを、これだから都会の女の人はもう」

「くす、ホント初心ねえボクくんたら。ほら見て、裸になったわけじゃないのよ?」

「ふえ、それって、水着、ですか?」

呆気にとられる子供に向かい、小悪魔な笑みの楓は悩ましげなポーズを取る。

いつしか際どいカットの施された、黒いマイクロビキニの水着姿になっていた。

「そうよ、最初から中に着てたの。こんなこともあろうかと思ってね」

眩しすぎるスタイルを飾る大胆な水着は、モデルをしているというのも頷ける。

見事にくびれたウエストからよく実ったバストも、すべてが罪作りな造形だ。

燦然と差し込む陽光を浴びた肢体は、地上に舞い降りた女神の如き麗しさだった。

「さ、ボクくんも早く入りましょ？」

「えっ、でも僕は、わっ、服を脱がさないでくださいっ」

「いいじゃない、半ズボンなんだから、上を脱げばお姉さんといっしょに入れるでしょ？」

「ああっ、わかりましたから、自分でしますからぁ」

無理やり脱がそうとするお姉さんの手を止め、渋々と上半身裸になる。

「うふふ、よくできました。それじゃいーっぱい楽しみましょ？」

「はい、ではお供します」

(楓さん強引だなあ。でもなんだろ、こうして手を引かれるだけですごく楽しいや)

終始金髪美女のペースに乗せられっぱなしなのに、少年の心はときめいていた。

そのまま笑顔の楓に手を引かれ猛暑のなか、水浴びを堪能する。

「きゃあっ、冷たーい、涼しいーっ」

「わあっ、楓さんたら、水を掛けないでよぉ」

「ほらほらぁ、じっとしてるとお姉さんがビショビショにしちゃうぞぉ」

清浄な滝のほとりでは、流れる湧き水も青く澄んでいる。

ひんやりとした感触に、二十五歳の楓お姉さんも童心に返ったみたいにはしゃぐ。

意外な子供っぽい一面に、裕太も両手で水をすくい上げ、バシャバシャとやり返す。

「わぷっ、もう、やったなあ、僕も負けてないんだからっ」

「やんっ、そんな乱暴にしないでボクくん、きゃあんっ」

ご神体に見守られ、十二歳の少年と水着美女はときの経つも忘れ遊戯に没入する。

こんなに夢中になれるとは、失恋の苦痛に耐えていたついさっきまでは予想もしなかった。

やがて遊びに疲れれば、水辺の広い岩の上で仲良く腰を下ろしていた。

「ふう、冷たくて気持ちよかったわ。やっぱり汗をかいたあとは水浴びに限るわねえ」

「楓さんに喜んでもらえてなによりだよ。ここは地元民だってあまり来ない秘密の場所なんだ」

「あら、そんなところにご招待してもらえるなんて、ボクくんは優しいのねえ」

子供みたいに足で水をパチャパチャ跳ねながら、楓さんはいまだ遊び気分のままだ。

セクシーな黒水着の美女が和む姿に、つい胸の内に秘めた女性のことを思い出す。

「こんなふうに楽しむなんて、美雪お姉ちゃんに遊んでもらったとき以来かな……はあ」

「美雪? 誰かしら、それ」

「あっ、何でもありません、独り言です。うひゃあっ?」

何気に呟いた一言が、耳ざといお姉さんに聞こえてしまう。

ムッとした表情をすれば肩を抱き寄せ、吐息を耳に吹きかけ詰問してくる。

「ダメじゃない。傍にこんな綺麗なお姉さんがいるのに、他の女のことを考えるなんて」

「ごめんなさい。でも楓さんといっしょに遊んで嬉しかったから、つい」

ムニュリと肩口に豊満すぎる膨らみを押しつけられ、心拍数は急上昇する。

すべてを包み込む柔らかさは、祭りの夜に結ばれたぬくもりと同じぐらい温かい。

動揺する少年を見て、悪戯な笑みを浮かべていた楓もふと真剣な表情になる。

「ねえ、ボクくん、もしかして彼女とか、いちゃったりするの?」

「ふえっ、そんなことはっ、わあっ?」

「白状しなさいっ、でないとこうしちゃうんだから、えいっ」

「ふわああっ、ギュッてしないでえっ」

美雪お姉ちゃんもそうだったが、女の勘は鋭い。

目を背けモジモジする裕太に何か気づいたのか、つい乱暴に抱きしめられる。

黙秘する少年を、ご自慢の爆乳で責め立てる。

「くす、お姉さんに抵抗するだけ無駄よ。さあ百センチのおっぱいに甘えちゃいなさいっ」

「ひゃくせんちっ、ふわあ、まさかお姉ちゃんを超える人がこの世にいたなんて」

「むふふ、カップ数はHなんだから、自慢じゃないけど胸の大きさで負けたことはないのよ？」

まさか三ケタいってるとは思わず、素っ頓狂な声をあげる。

やはり美雪よりも大きいと踏んだおっぱいは、規格外だった。

「ねえ、どうなのボクくん。お姉さんには正直に教えてほしいな」

じゃれ合うみたいなボディタッチを繰り返すが、楓の声は真剣だった。

ふざけているかと思いきや、その一途《いちず》な眼差しに少年の心も絆《ほだ》される。

「ううう、それは、いました」

「いました？」

「はい、いたんです。三日前までは」

乳圧の責めに耐えられず、少年は苦しい息の下で白状する。

「どういうことかしら？　何があったの、ボクくん」

「だってその人とは、美雪お姉ちゃんとはもう会えないんです、ううっ」

「会えない？　何かよっぽどのことがあったのね」

裕太の真意を測りかねるが、小刻みに震える肩を見れば深刻であることはわかった。

必死に涙を堪える少年に、楓も胸がキュンッ、と高鳴る。

「そんなに思い詰めないで、ボクくんの悲しむ顔は見たくないわ。お姉さんに全部話してほしいの」

「いいの？　楓さん」

心細げな顔をする少年に、楓お姉さんはコクリと頷く。

ふわりと両手を広げ、女神の微笑みで誘う。

「もちろんよ。さ、いらっしゃい、つらい気持ちは全部吐き出しちゃおう？」

「ううっ、うあああんっ、お姉さあああんっ」

いつしか裕太は泣きじゃくりながら、おっぱいへ縋《すが》りついていた。

美雪に告白し両思いになれたこと、そして無惨に仲が引き裂かれたこと、すべてを話す。

「そう、そんなことがあったのね。まだ小学生なのにつらかったのねえ」

「ぐすっ、僕、どうしたらいいかわからなかったの、わあああん」

「よしよし。悲しい思い出はお姉さんの胸の中で忘れてしまいましょうね、いい子いい子」

なぜ初対面のお姉さんに何もかも曝《さら》け出せるのか、少年自身も不思議だった。

でもこうして豊満な胸に抱かれれば、苦い記憶が浄化されていくのはたしかだった。

頭をナデナデされグスンと鼻をすすりつつ、お姉さんの腕の中でむせび泣く。

「つらい思いはお姉さんにぶつけていいの。そうすればきっと元気になるわ」

「楓さん、ありがとう、ありがとう」

滔々《とうとう》と流れる小川のほとりで、少年と美女はいつまでも抱き合っていた。

優しい風が一つに重なる二人を癒やすかの如く、そっと頬を撫でつける。

静まりかえった世界には、ただ甘く穏やかなときが過ぎゆくだけだった。

「どう、もう悲しいのは収まったかしら？」

「うん、なんだか胸が軽くなったみたい。本当にありがとう、楓さん」

派手な見た目と裏腹な母性に励まされ、少年もようやく力を取り戻そうとしていた。

とはいえさすがに泣きすぎて赤く腫れた目を見られるのは、ちょっと恥ずかしい。

「アン、できれば私のことはお姉ちゃんって呼んでほしいな。美雪さんみたいにね」

「えっ、そんなこと」

クイと頤《あご》を持ち上げられ、楓お姉さんは慈愛の籠《こも》った表情で訴えてくる。

出会ってまだ数時間なのに、その美貌はもう少年の心を捕らえて放さなかった。

「ふふ、何の気兼ねもいらないのよ。私をお姉ちゃんと思って甘えてほしいの」

「うう、はい、わかりました」

切なげな琥珀色の瞳は、早く呼んでほしいと願っている。

馴れ馴れしすぎるとは思うがすでに泣き顔を見られた以上、もう遠慮はいらなかった。

「楓、お姉さん。これでいいの？」

「そう、よくできたわね、ご褒美よ。んんんっ、んふううう」

「んんっ、むふうううっ？」

お姉さん、という言葉に感動した楓さんにひときわ強くギュッ、てされる。

次の瞬間、少年は美しすぎるお姉さんに唇を奪われていた。

「むふっ、んむううう、ボクくん、好きよ」

「んはああ、お姉さああん」

（ああああっ、何これ、僕今日初めて会ったお姉さんとキスしちゃってるよぉぉ）

突然の接吻に背筋はビクリと痙攣し、華奢な身体を電流が打つ。

にゅるりと舌を差し込まれ、まるで精気を吸われるみたいに口腔を貪《むさぼ》られる。

「あふ、もっとお姉さんとキスしましょ。はむぅぅぅぅ」

「お姉さん、楓お姉さん。んちゅううう」

サラサラと流れるせせらぎを聞きながら、少年と美女は口づけに夢中になる。

舌を擦り合わせる悦楽に酔えば、熱い血潮が幼根に注がれガチガチに勃起しちゃう。

「はああ、楓お姉さん、いったいどうして」

「言ったでしょ、ボクくんを励ましてあげたいの。どう、元気になったでしょう?」

「うん、すごく、ふわっ? あああっ、そこはあっ」

「うふふ、あとこっちも元気にしてあげる」

妖艶な笑みを浮かべると、しなやかな細い指が半ズボンの中へするりと入り込む。

とっくに固くなっていた少年の陰茎を、キュッと絞り立てる。

「あらあら、おち×ちんはもうカチコチ、やっぱりまだ若いのねえ」

「んううっ、やめてくださいお姉さん、こんなところで、ひゃあああっ」

「やめてだなんて、おち×ちんを固くしてるのはボクくんでしょう? まだ小学六年生なのに、いけない子ねえ」

母性に満ちたさっきまでの表情とは違う淫蕩さで、幼い男根を弄《もてあそ》ぶ。

流麗な指さばきは、逸物の大きさや硬さを測るみたいに絡みつく。

「そんなこと言われてもぉ。お姉さんのキスのせいだよ、ああっ」

「アンッ、元気ねえボクくんのおち×ちん。お姉さんのお手々の中でビクンビクン跳ねてるわあ」

敏感な先っちょを撫でられ、性感に悶える。

「くううっ、コショコショしたら、おち×ちんがもうっ」

青い快楽に翻弄される少年を見て、楓はペロリと舌なめずりをする
「うふ、そろそろいいわね。ボクくんのおち×ちん、お姉さんに見せてほしいな」

「ええっ、それはっ、ひゃあああっ」

満面の笑みのお姉さんは有無を言わせぬ手つきでズボンを下ろす。

たちまちポロンッ、と陽光の下、若勃起が露になってしまう。

「まあまあ、やっぱりまだ小学生のおち×ぽねえ。毛だって生えてないわあ、かわいい」

「ふええ、そんなまじまじと見ないでください」

「うーん、でも先っちょは皮を被ってないのね。お姉さんが剝いてあげたかったのに」

全裸にされ好奇の目に晒されても、若牡は誇らしげにそそり立っている。

男としての権威を見せつける幼根に、美少年好きの楓もご満悦だ。

「見れば見るほど立派おち×ちんだわあ。ねえボクくん、もしかして女の人とエッチしたこと、あるのかしら？」

「ふわっ、そんなことは」

おち×ぽを観察しただけでそんなことがわかるなんて、やはり女の勘は恐ろしい。

「だってこんな立派なおち×ちん、小学生の童貞クンじゃありえないわ。どうなの？」

「あああっ、そんなにスリスリしないでぇっ」

すべてを見透かす楓さんは白状しなさいと言わんばかりに、指で先端をなぞる。

触れたばかりなのに敏感な肉勃起は、すでに先走りを滲ませていた。

「お願い、お姉さんには本当のことを教えてほしいな」

「ううっ、うん、あります、エッチしたことありますう」

「やっぱり、お相手は話しに出てきた美雪さんて人かしら？」

「はいいっ、お姉ちゃんが初めての人でしたぁっ」

裏スジをなぞる焦れったい愛撫に耐えきれず、ついに白状する。

「まあ手の早いこと、ボクくんはまだ子供なのに。ねえ、いつそういう関係になっちゃったの？」

「あの、三日前の夏祭りの夜に告白して、それで花火大会の最中にしちゃった」

「ということは小学六年生の男の子とエッチしたのね。いくらなんでも早すぎるわ」

楓だって同じことをしているのに、それは問題ではないらしい。

十二歳のおち×ちんを扱きながら、良識ぶった態度で責め立てる。

「それにしても最近の子は進んでるのね。まさかボクくんみたいなかわいい子が初めてじゃないなんて」

裕太が童貞でないと知って、楓お姉さんは少し残念そうだ。

でも瞳のエッチな輝きは、さらに激しさを増している。

「ねえ、お姉ちゃんとはどんなふうにエッチしたの。詳しく教えてほしいな」

「うう、それは、あああっ、強くシコシコしたら出ちゃううっ」

「いいでしょ、ボクくんの大事な初体験、お姉さんも興味があるの。ね、話して？」

輝く陽光の下、おち×ぽを扱くお姉さんに哀願されれば、答えないわけにはいかない。

「はい、まずはお口で、おち×ちんの皮を剝いてもらいました」

「初めての子にいきなりフェラしたの？　大胆すぎるわあ、気持ちよかった？」

「うん、すごく気持ちよくなって、お姉ちゃんのお口の中に初めてドピュドピュしちゃった」

「もうっ、嬉しそうに言うのねえ、なんだか妬《や》けちゃう。その後は？」

「んんっ、そのあとは、お姉ちゃんに重なっておち×ちんをズンズンって、はああっ」

幸せそうに初体験を語る少年に機嫌を損ねたのか、こわばりを強めに剝き立てられる。

「ボクくんたら、お顔をうっとりさせちゃって、とってもいい思い出みたいねえ」

「ふああ、おち×ちんシコシコ、すごく気持ちいいよぉ」

憎からず思う少年が、他の女とのセックスを楽しげに語る姿に妬心が芽生える。

なにやら不穏な空気が漂えば、楓さんの目には悪戯な光が灯っていた。

「じゃあその記憶を、お姉さんが上書きしてあげちゃおうかしら」

「あの、上書きって、どういうことですか」

「うふっ、私なら、お口よりもっと気持ちいいことしてあげられるの。見ててね」

と宣《のたま》えば、ビキニのブラをすっ、とたくし上げる。

たちまちぽよよんっ、と淫靡な音を立て、巨大な膨らみが眼前に展開される。

視界のすべてを埋め尽くす規格外の爆乳に、裕太はただ呆然とする。

「ふわああ、これが百センチのおっぱい、楓お姉さんのおっぱいなんだ」

「そうよ、お姉さんのHカップのバスト、たっぷりご覧あれ」

スイカみたいにたわわな乳房に手を添え、誇らしげに持ち上げる。

大きいだけではない、肌理《きめ》の細かさはさすがモデルをしているだけはあった。

これでもかと見せつけられる豊満な膨らみに、若牡は節操なく硬くなっちゃう。

「あらあ、おっぱいを見たらまたピクンてぇ、素直なおちん×んねえ」

「うん、だってこんな大きなおっぱい、見るの初めてだもん」

小学生らしい反応に満足すれば、弾むゴム鞠で灼熱の淫棒を愛してあげようとする。

「それじゃあボクくんはじっとしてて。今からこのおっぱいで、たーくさん、愛してあ・げ・る」

「ええ、なにをするんですか、うあああっ⁉」

「うふっ、今天国へ連れてってあげるのよ。ほうら、召し上がれ♡」

「はうううっ、なにこれえええ、おっぱいがぷにゅん、ってえええええっ」

柔らかすぎる感触がこわばりを包んだ瞬間、頭の中でなにかが爆ぜる。

おち×ちんが溶けちゃう感覚に目をやれば、驚愕する光景が展開されていた。

「くううっ、おっぱいがおち×ちんをニュルニュルしてるよお、ふああっ」

「んふふ、どう、これがパイズリよ。お姉さんのおっぱいでトロトロにしちゃうんだから」

フワフワのおっぱいに肉棒を覆い尽くされ、堪らず天を仰ぐ。

「はああ、パイズリっていうんだ。そんなキュッキュッしたら、おち×ぽ溶けちゃううう」

「いいのよ溶けちゃって、アンッ、でもこんな逞しいおち×ちんじゃ、お姉さんのほうが溶けちゃいそう」

プリプリのお肌にムニュリと挟まれ、怒張は今にも暴発しそうだ。

流れる水の音が耳を打ち、淫らな熱気をさらに煽ってくれる。

「ほうら、おいっち、にい、ふふ、こうしてムニュムニュしてあげれば、もっと気持ちよくなれるのよ」

「あああ、おっぱいすごいよお。僕、こんなの初めてぇぇぇ」

「そうでしょう、お姉さんのおっぱいのほうが気持ちいいんだから、当然よねえ」

「うぐうっ、いきなりヌルヌル早くしちゃダメッ、すぐに出ちゃうぅぅっ」

秘めやかな禁域に、この上もなく淫らな行為が繰り広げられる。

水着姿も露わな金髪美女が、岸辺に腰掛けた少年の肉棒へパイズリを繰り返す。

二十五歳のHカップお姉さんがご奉仕するのは、まだ十二歳の小学六年生だった。

「ふぅ、でもすごいわぁ。ボクくんのおち×ちん、パイズリでこんなガチガチよ」

「くぅっ、楓お姉さんのおっぱいが気持ちよすぎるからだよぉ。こんな綺麗なのにい

いっ」

「アンッ、嬉しい、そんなふうに褒められたらもっとしてあげたくなっちゃうわ、え

いえいっ」

「ああっ、そんなにヌルヌルしたら出ちゃいそうっ、ピュッピュしちゃいそうだよ

お」

ムニムニと卑猥におっぱいが変形すれば、おま×こみたいに締め付けてくる。

あまりに急激な上下運動に、肉欲を覚えたばかりの若牡は決壊寸前だ。

「ふふ、お姉さんも射精するところ早く見たいわぁ。今ドックンさせてあげるね、ん

ふうう」

「ふあああ、お口で吸っちゃダメええっ、出ちゃうううっ」

「むふっ、んちゅうう、ボクくんの熱くて硬いおち×ぽ大好きぃい」

早く出してとばかりに、おっぱいに呑まれる若牡の先端へ熱いキスを降らせる。尖らせた舌先でチュウッ、と吸い立てれば、敏感な若牡はもう限界だ。

「アンンッ、ミルクが溢れちゃうう、おち×ぽビクンビクンしてるううう」

「ふわあああっ、出ちゃうっ、いっぱい出ちゃうぅっ、楓お姉さああああんっ」

お姉さんの名を叫びつつ、おち×ぽはついに絶頂の波に浚《さら》われていた。

官能のバルブが開き、Hカップバストの中でズビュズビュと白濁液を噴出する。

「ふああんっ、出てるうっ、いっぱい出てるわあ、ボクくんのミルクたくさん出てるのぉぉおっ」

「むぐううっ、ダメぇっ、おち×ぽピュッピュが止まらない、止まらないよおおおっ」

「アンンッ、かけてえ、白くて熱いのっ、いっぱいかけてえぇぇぇっ」

砲身から放たれる牡の精を全身に浴び、楓お姉さんは心底から幸せそうだ。

ビクビクと放出する間も、おっぱいで逸物を擦ってくれていた。

「ううっ、くはっ、まだ出ちゃう、おち×ぽピュッピュ、止められないよぉっ」

「あふうん、全部ドピュドピュするまで搾ってあげる。一滴残らず出してね」

「はああっ、フワフワおっぱいに吸われちゃうううっ」

長い長い吐精が終わり、やっと肉棒の爆発も沈静化する。

楓さんを白濁液まみれにしながら、若牡は名残惜しげにビクビクと唸っている。

「んふふ、いっぱいドックンしてくれたわね。どう、お姉さんのパイズリ、気持ちよかったでしょう？」

「はい、楓お姉さんのおっぱい、最高でしたぁ」

あまりの心地よさに腰が抜ければ、荒い息を吐きつつ頭の芯まで痺れてしまう。

だが大量の白濁液を出しても、怒張は百センチおっぱいの中で力強く脈打っていた。

「まあ、あんなピュッピュしてお姉さんをミルクまみれにしたのに、おち×ちんは元気いっぱい。やっぱり若いのねえ」

「ひゃうっ、まだ出したばかりなのに、強くギュウギュウされたら、ふわああっ」

おっぱいについた白濁液を美味しそうに舐めながら、お姉さんはおち×ぽを弄ぶ。

滑らかな爆乳に強く絞られ、ビクンとする若牡はさらに雄々しく隆起する。

「まだつるつるなのに逞しくって、ミルクもたっぷり、なんて素敵なおち×ちんなのかしら。あら、どうしたのボクくん？」

「楓お姉さん、エッチすぎるよお。そんなにされたら、僕」

淫らな顔でおち×ぽを扱くお姉さんに、マグマみたいな欲望が煮えたぎる。

そそり立つ剛直に唆《そそのか》され、少年の中の獣性が暴走する。

「はああっ、お姉さんっ、んむううっ」

「アンンッ、んみゅううううっ」

我慢できずに唇を奪えば、細い肩を掴んで押し倒してしまう。

「んちゅうううっ、お姉さんっ、楓お姉さん、むふううう」

「あふううんっ、ボクくううん、ふみゅうううう」

チロチロと差し出した舌を絡め合い、唾液を交換してもお姉さんは拒否しなかった。

むしろ少年のディープキスを喜んで受け入れ、積極的に舌を巻きつけてくる。

「くすっ、いけない子ねえ、ボクくんたら。まだ小学六年生なのに大人の女の人を押し倒しちゃうなんて」

上へのしかかられても、楓さんは小悪魔みたいな妖しい笑顔のままだ。

日差しを浴び黄金色に輝く髪を靡かせ、余裕のある態度を崩さない。

「ごめんなさい。でもお姉さんが綺麗すぎるんだもん、もう我慢できないよ。んちゅううう」

本能の命じるまま、目の前で揺れる百センチのHカップに吸いついていた。

「アアアンッ、いきなりおっぱい吸っちゃイヤあぁん」

「はああ、おっぱい、美雪お姉ちゃんよりも大きなおっぱい、ちうううう」

「アンンッ、ボクくんたらとってもエッチぃ。舌でチュウチュウしちゃってるのぉぉ」

細すぎるウエストをビクつかせ、楓さんはおっぱいしゃぶりを受け入れてくれる。大きさに似合わぬ可憐な乳頭を舌で突けば、やがてぷっくり浮き上がってくる。

「んふううう、おっぱいがいやらしくしこってるよ、すごくエッチだよおお」

「んんっ、それはボクくんがエッチな吸い方するからよお。きゃんっ、そこは強くしちゃダメえええっ」

さっきまでおち×ちんをいじめていたHカップを、今度はこちらがいじめる番だった。

ムニュムニュとした触感を楽しみながら、桃色乳首を責め立てる。

「はああん、ボクくんたらすっごく上手ぅぅ、ああん、まだ小学生なのにぃぃ」

「お姉さんのおっぱいも柔らかくて気持ちいいよ。こんな大きなおっぱい、僕初めて」

「ひゃん、もっと言ってえ、お姉さんのおっぱい気持ちいいって言ってほしいのぉっ」

美雪お姉ちゃんもすごかったけど、やっぱり楓お姉さんのおっぱいは別格だった。

揉めば揉むほどおち×ちんはギンギンになり、またもミルクを出したくなっちゃう。

「ボクくうん、お願い、おっぱいだけじゃなくてもっと大きいのが欲しいの」

「楓お姉さん、大きいのって、ああ」

執拗なおっぱい愛撫を受け、楓お姉さんは切なげな吐息を漏らす。

女神の囁《ささや》きに顔を上げれば、見たこともないいやらしい表情をしていた。

「ふふ、わかるでしょう。ボクくんが一番したいことよ」

「くうっ、また指でスリスリされたらっ」

ギンギンに膨れ上がった怒張をギュッとされ、裕太は情けない声をあげる。

「ね、次はこの逞しいおち×ちんで、お姉さんをズンズンして」

「うん、僕もしたい。楓お姉さんのおま×こにいっぱい入れたい」

「嬉しい。それじゃあこっちへきて」

すっ、と身を起こしたお姉さんは、従順な少年に微笑む。

恥ずかしげな裕太の手を引いて、パシャパシャと水辺を渡る。

「ふえ、どうするの」

やがて笑顔の楓に導かれ、ご神体である巨石の前へと辿り着く。

「うふ、ここにしましょ。お楽しみにはちょうどいいわ」

「楓お姉さん、こんなところでなんて、わっ」

肩越しにウインクをするお姉さんはやおら岩に手をつき、ヒップラインを持ち上げる。

くいっ、と腰を突き出し、高々とよく熟れた美尻を見せつける。

「お願い、今度は後ろからしてほしいの」

「楓さん、そんな格好をされたら」

「ふふ、このほうが興奮するでしょ。ボクくんのおち×ちんも喜んでるわ」

楓の指摘どおり極限まで漲る逸物はバチンッ、と反り返り臍に張りついている。

地元の誰もが崇める御神体の前で性交に及ぶなんて、これ以上ない背徳的な行為だ。でもその後ろめたさがペニスに活力を与え、怒張はさらに昂《たかぶ》ってしまう。

「ねえお願い、早くう、太くて逞しいおち×ぽちょうだあい。キャッ」

「はあはあ、お姉さんのお尻、とっても美味しそう。ああ」

「ヤンッ、いやらしい手つきでナデナデしないで、ボクくんたらぁ」

フリフリと物欲しげに揺れるお尻に誘惑され、うわごとを呟きながらがっしりと摑む。

むっちり肉の詰まったヒップの感触を楽しみながら、水着をペロンと脱がす。

パイズリですでに濡らしていたのか、秘裂とビキニの間にイヤらしい糸が引く。

「おま×こ、もうグチュグチュでいっぱい濡れてる。すごいや」

「そんなに見ないで、ボクくんのおち×ぽのせいでこんなふうになっちゃったのよお」

日差しの下のおま×こは、薄闇の中で見た美雪のものとはまた違う趣《おもむき》がある。

花園の入り口はトロトロと蜜を零し、風にそよぐ若草は牡の欲望を焚きつける。

綺麗なピンクの陰唇はヒクンと痙攣し、今にも挿入を待ち望んでいた。

「このいやらしいおま×こに、今から僕のおち×ちんを入れるんだ。はああ」

「そうよ、熱くて固いおち×ぽが入るの。きゃああんっ」

色っぽい流し目で挑発する楓だが、突如しなやかな背すじを官能的に反らす。

敏感な秘粘膜に、ブチュリと昂る怒張の先端を当てられたからだった。

「はうっ、お姉さんのおま×こ、入れてないのにキュウキュウしてくるよおっ」

「ボクくんのもすごいわ、おま×こグリグリしてきてるぅ。キャアンッ」

とうに濡れたおま×こは予想以上の吸引力で、若牡を呑み込んでしまいそうだ。

入れてとはしたなくお漏らしする牝芯へ、すぐにも突き込みたかった。

「楓お姉さん、もういいよね。おち×ちんがもう我慢できないよっ」

「ええ、来てえ、もう焦らさないでぇっ」

真っ赤な唇が歪み卑猥なおねだりを発すれば、辛抱できるはずもない。

よくしなる柳腰を固定し、突き立てた男根を力強く前へと突き出す。

「行くよお姉さんっ、ううぅっ、くはああああっ」

「アンンッ、熱いっ、ふあっ、んはあああんっ、いっぱい入ってくるううぅっ」

明媚な陽光に照らされた神域で、艶やかな悲鳴が天を衝く。

後ろから交わる獣のスタイルで、二十五歳の美女が十二歳の肉棒に貫かれていた。

ずっぷりと突き入れられた幼根が、蜜襞の詰まった女陰を押し拡げる。

「はうっ、ぐううっ、これが楓お姉さんのおま×こっ。ウニョウニョしてるうっ」

「ボクくんのおち×ちんも素敵ぃ。お姉さんの中が拡げられちゃってるのぉ」

うねうねと絡みつく女壺の感触に、あどけない容貌が快楽に歪む。

美雪との初体験で早出ししたことを思えば、必死で射精の時を延ばそうとする。

「はああ、楓さんのおま×こ、とってもぬるぬるでキツキツだよっ」

「うふ、気に入ってもらえたかしら、お姉さんのおま×こはボクくんに喜んでもらうためにあるのよ」

「うんっ、すっごく気持ちいいっ。この格好だとおち×ちんが入ってるところが丸見えだもん」

「イヤン、そんな恥ずかしいこと言わないで、ボクくんの意地悪ぅ」

言葉どおり剛直が、蜜潤う花唇を後ろから貫いているさまがはっきりと見える。

熟れた桃尻から伸びた真っ赤な肉竿は、背筋が震えるほどの感動を与えてくれる。

「ぬるぬるしてるのにギュウッ、て締めつけてすごいやこのおま×こ、ああっ」

「どうしたのボクくん、アンッ、おち×ぽがいきなり大っきくううっ」

挿入したばかりの蜜壺は猛然と幼根にしゃぶりつき、精を搾り取ろうとする。

「はあうっ、なにこれええっ、おま×こが突然ギュウウって、堪らないよぉっ」

「アアアンッ、ボクくんのおち×ちんが太くなってるからよぉっ、イヤああっ」

だが若牡も負けじと太さと硬さを増し、肉襞を攪拌《かくはん》する。

「ああっ、締めつけないで、楓さんっ。すぐに出ちゃううっ」

「ひゃああんっ、無理よぉ。ボクくんのおち×ちんが立派すぎるのぉ。お姉さんももうダメえっ」

「くううっ、またおま×こがギュウッ、て、うわあああっ」

凄まじい圧迫感に耐えかねウエストを摑んだまま、ついに腰運動を開始する。

子供とは思えぬ激しさで、ぬめる女壺の中を雄々しく驀進《ばくしん》する。

「はあああんっ、ボクくうん、いきなり速くしちゃダメえええっ」

「ごめんなさいっ、でもおま×こ気持ちいいんだもん、おち×ちんが止められないんだっ」

「アンッ、アアアンッ、激しくズンズンしたら、お姉さん壊れちゃううううっ」

獣欲に憑かれた裕太は、目覚めたようにカクカクと小刻みな動きで腰を振る。

パンパンッ、と渇いた音を清浄な空間に響かせ、猛烈なピストンで責め立てる。

金色に輝く髪を靡かせ乱れるお姉さんは、思わず果てそうなほど美しかった。

「キャンッ、いいのっ。男の子のおち×ちん最高っ。こんなの初めてええっ」

「楓お姉さんのおま×こも最高だよっ。もう出ちゃううっ」

「ひゃああんっ、また早くぅ。ボクくんたらケダモノみたいなのおおっ」

長閑《のどか》な夏の日の午後、誰も来ない神域で痴態が繰り広げられる。

荘厳な巨石の前でひと組の男女が、獣の体位で激しく交わっている。

二十五歳のHカップ美女をバックから突くのは、まだあどけない十二歳の子供だった。

「ううっ、これじゃあもう出ちゃう、ぐうううっ」

「アアンッ、お姉さんもイキそうっ、お願い、いっしょに、いっしょにイッてええっ」

締めつけるおま×こにピストンで応えれば、Hカップの爆乳もプルプル揺れる。

思わずたわわなバストをムギュッ、と摑み、極上の感触を弄ぶ。

「はああんっ、おっぱいムニュムニュしちゃイヤあああっ」

「楓お姉さんのおっぱい柔らかい。おま×こも気持ちよくてどうにかなりそうだよっ」

「お姉さんもどうにかなりそう。おち×ぽ最高っ。もうボクくんのおち×ぽじゃないとダメなのぉっ」

乳房を揉みしだきグリグリ腰を打ちつければ、もはや絶頂を阻《はば》むものはなかった。

ぬちょぬちょと淫らな音を立て、懸命に柔襞を突きながら最後の瞬間を目指す。

「ふああっ、いくよお姉さんっ。おち×ちんピュッピュしちゃうよぉぉっ」

「いいわ、きてえっ。お姉さんのおま×こにボクくんのミルクたっぷり出してぇぇっ」

「出るっ、出ちゃううっ。おま×こにドピュドピュしちゃううっ」

小刻みでイヤらしい腰運動が最奥に到達した刹那、裕太の脳天に凄まじい電流が走る。

波打つ牝襞に絞られながら、若牡は金髪お姉さんの中にすべての欲望をぶちまける。

びゅるんっ、ずびゅるるるるんっ、どびゅるるるるるるるっ。

「アアンッ、ドピュドピュしてるぅ、ボクくんのおち×ぽが弾けてるうっ」

「お姉さん、楓お姉さあんっ、大好き、大大大好きいいいっ」

「お姉さんも好きっ、ボクくん大好きっ、愛してるのぉっ、んはああああんっ」

神聖な地で絶叫をこだまさせながら、十二歳と二十五歳はほぼ同時に果てていた。

倒錯する快楽に身体の芯まで痺れさせ、少年と美女はエクスタシーの高みへと昇る。

しなやかな肢体が弾け、ビクビクと痙攣しながら互いの名を呼び合うだけだった。

「はあああ、楓お姉さん、すっごくよかったよぉ」

「んふうう、ボクくんもとってもよかったわ」

溶け合う二人は高鳴る鼓動を共鳴させ、しばらくの間ひとつに重なっていた。

「かわいいのにおち×ぽはとっても凶悪なんだもん。小学六年生の男の子にズンズンされていっぱい感じちゃった、うふっ」

荒い息遣いの下、妖艶な笑みを浮かべる楓に背筋が震える。

十三歳も年上のお姉さんを満足させたことは、少年にとって大きな自信となった。

「ああ、お姉さんキスしよ、むふっ、むちゅううう」

「アン、ボクくん、んふう、ちゅううう」

ゾクリとする色気に惑わされ、後背位でつながったまま艶めく唇を奪う。

「はむう、お姉さん、大好きぃ」

「あふうう、お姉さんも好き、愛してるのぉ。ボクくん、んんんう」

尖らせた舌先を絡めれば、力尽きた楓は巨石に手をついたまま膝を落とす。

反動でこわばりが抜け、無惨に広がった秘芯からドロリと白濁液が零れ出す。

「アン、ボクくんのミルクが溢れちゃう、イヤあ」

「ふあ、楓さんのおま×こから白いのがいっぱい零れてくるよぉ」

太股を伝い滴り落ちる雫がキラキラと光るさまは、生命の神秘を思わせた。

それが自身の吐き出した獣欲の証と思えば、興奮で逸物が再び兆してくる。

「あら、ボクくんのおち×ぽがまた、ホントに元気いっぱいねえ、んんっ」

「うん、楓お姉さん、またしていい？」

「ええ、大事なミルクが零れちゃったの、またお姉さんの膣内《なか》にちょうだい」

呆けた顔つきでお尻をフリフリする楓さんに、情欲の炎が燃え上がる。

お許しが出れば、腰を摑み反り返った怒張を再び花びらへ挿入する。

「それじゃあ行くよ、くふうっ、何これ、さっきよりも気持ちいいっ」

「きゃあああんっ、ボクくんたらまた激しくぅぅ。おち×ぽ前より硬いのおっ」

「ああっ、お姉さんのおま×こっ、グチョグチョでウニョウニョで最高っ」

自らの精と蜜が混ざり合った牝襞は、少年を至上の花園へと案内してくれる。

ぬるぬるとうねうねが渾然一体《こんぜんいったい》となった肉壺の感触に陶然となり、ひたすら腰を振る。

「お姉さん、楓お姉さんっ、大好きだよっ。ああああっ」

「はああんっ、お姉さんも愛してるわぁ。好きよボクくんっ。もっと突いてぇっ」

天へ届くほどの嬌声をあげながら、獣となった少年と美女は互いを貪り合う。

照りつける日差しも水の跳ねる音も、もはや届いていない。

ときが経つのも忘れ交わる二人を、神秘の大岩はいつまでも見守っていた。

第三章　淫乱すぎる3P初体験

「はーいみんなー、それじゃ今日の私たちの出会いを祝してかんぱーい！」

「かんぱーいっ」

「うふふ、乾杯、ですわ」

日の暮れかけた草原の片隅で、陽気な歓声が上がっていた。

美女たちの和気藹々《あいあい》とした喝采が、薄暗い周囲を明るい雰囲気へと塗り替える。

賑やかな喧噪のなか、タープ下に設置されたコンロから芳ばしい香りが充満していた。

「さあみなさん、お肉が焼けてきましたわ。めいめいにお取りになってくださいね」

「んー、いい香りねえ。やっぱり集まってするバーベキューは最高だわ」

自由行動のあと再び集まった楓たちは、大自然の景観を眺めつつ祝杯を上げる。

豪奢なコンロで美味そうな音を立て、焼き肉パーティへと洒落《しゃれ》込んでいた。

ウッドテーブルの前に仲よく並び、色とりどりの食器に盛られた料理に舌鼓《したつづみ》を打つ。

「うーんっ、美味しいっ。やっぱり絶景を見ながら食べるお肉はいいわぁ」

「まあ、楓さんたら立ったままでなんて不行儀ですわ。食べるときはお座りになって」

「堅いこと言わないの。こんな素敵な景色なんて滅多に見られないんだから、羽を伸ばさないとね」

夕陽のさしかかる雄大な山裾は、楓の言うとおり心が洗われるほどの美しさだ。

「ほらほら、ボクくんも遠慮しないで、いっぱい食べていいのよ？」

「えっ、はい、ではいただきます」

楽しげなお姉さんの輪に交じって、無論裕太もご相伴《しょうばん》にあずかっている。

設営作業を手伝ってからというもの、すっかり気に入られてしまった。

楓たちからいっしょにいてと強く引き留められ、こうして晩餐に付き合わされたのだ。

「うん、美味しいよっ。お肉だけじゃなくって、この付け合わせのお料理もすごくいい感じっ」

「嬉しいですわ。裕太さんにお褒めいただいて」

「お肉の下ごしらえもそうだったけど、さすが梓紗は料理の腕前だけは一級品ね」

「ふふ、それはどうも。テントを張るときはお役に立ちませんでしたから」

テーブル上に並ぶさまざまなサラダや付け合わせは、すべて梓紗が調理したものだ。

いずれも見事な包丁さばきで、あっという間に仕上げてしまった。

箱入りのお嬢様と思っていた美女の意外な技に、裕太も意外な面持ちだった。

「でも僕までごちそうになっていいのかな。こんな豪勢なお食事なのに」

「何言ってるの。ボクくんがいなかったら私たち、今頃野宿してたかもしれないんだから、これぐらい当然よ」

「そうですわ。裕太さんは今回の功労者ですもの」

小学生の子供を遅くまで留めるにあたり、ちゃんと保護者の許可は取っている。

そのとき両親から話しを聞いたが、やはり楓たちの実家は有名な資産家らしい。

改めてそんなすごい二人に招待されたことが、今でも信じられなかった。

「ということでまずは一杯いきましょ。このお酒、甘くてとっても美味しいわ。ボクくんでも飲めそうよ？」

「わっ、僕はお酒は、ふわわっ」

すでに上気した顔の楓が、お酒をコップに注ごうとしてくる。

頬を赤くしたまま、ずいっ、とセクハラ親父の如く勧めてくる。

「いいじゃなーい、お酒の味ぐらい知ってても遅くはないわぁ。ほらほら、ぐっといきましょ」

「だから僕は未成年だから、楓さん、もう酔ってるんですかっ」

「あら、ボクくんはもう大人、でしょう？　何も問題ないじゃない」

「あううっ、それは」

拒否する少年に向かい、しなを作るお姉さんは色っぽいウインクをする。

そんな仕草を見れば、さっきまで小川のほとりで激しく交わった事実が脳裏に甦《よみがえ》る。

（楓さん、まさか僕とエッチしちゃったこと、梓紗さんに言ったりしないよね？）

溢れる母性で癒やしてくれた楓には感謝しかないが、目の前には梓紗もいるのだ。

あのとき愛し合った行為の一部始終を思い出せば、もはやなにも言い返せなかった。

「うふっ、そういうことよ。このお酒悪酔いはしないから、騙されたと思って飲んでみて」

「ふえ、わあっ、だからけっこうですぅ」

ついにお酒が注がれそうになった瞬間、真剣な口調の梓紗が止めに入る。

「もうっ、楓さんっ、そこまでですわよっ、えいっ」

「ああっ、何をするのよう。梓紗の意地悪ぅ」

毅然と言い放つ梓紗は、有無を言わせぬ態度でアルコールの入った缶を取り上げる。

「小学生に飲酒を勧める悪い大人には当然です。これは没収しますっ」

「ああ、私のお酒があっ、まだけっこう残ってたのにぃ」

「元々お酒に強くないんだから無理して飲む必要はないでしょう。今日はここまでですっ」

缶を取り上げられ、子供みたいにふくれっ面をする。

ふだんは温和な梓紗の怖い顔に、さすがの楓お姉さんも閉口していた。

「ふう、助かった。でも楓お姉さんも梓紗さんもホントに仲がよくてなんだか羨ましいや」

「うふふ、ご安心なさって。ご両親からお預かりしたんですから、私が魔の手からお守りいたしますわ」

「人を誘惑する悪魔みたいに言わないでよ。まあボクくんみたいなかわいい男の子なら、誘惑しがいはあるけどね」

「まったく懲りないんですから。ですけど裕太さんが魅力的、という点だけは同意しますわ」

美女たちの仲睦まじいやりとりに、裕太の表情には自然と笑みが零れていた。

もしかして、すべては裕太を元気づけるためにしているのかもしれなかった。

しかし三人だけの楽しい時間を過ごせば、やがて周囲は暗闇に染まりはじめる。

「あら、そろそろ暗くなってきましたねえ。ではいいお時間ですし、ここまでにいたしましょうか」

「もう日が暮れちゃったのねえ。あーあ、楽しい時間は過ぎるのも早いわあ」

とっぷりと更けた空を見上げながら、梓紗がお開きを告げる。

楽しかったひとときも静まり、あとはもう片付けをして寝るだけだ。

これでお姉さんたちとお別れと思えば、少年にとっては少し侘しかった。

「では私と裕太さんはお皿洗いに行ってきますけど、楓さんはどうします？」

「あー、私パスパス。身体を動かさない。そういう面倒くさいの苦手なの」

アルコールに弱い楓は、ギシリとチェアに横たわりながら手をヒラヒラさせている。

見た目どおり細かいことが苦手なようで、風に当たりながら酔いを覚ましていた。

「もう楓さんたら仕様がありませんわね。では私たちだけで参りましょうか、裕太さん」

「うん、それじゃ行ってくるよ、楓お姉さん」

「はいはーい、頑張ってねー、私はしばらく夜風に吹かれてるわー」

仲よく連れ立っていく二人を見送りつつ、楓はいい気分のままぐだっていた。

キャンプ場内に設置された水場には薄暗い照明が灯り、辺りには少年たちしかいない。

「今日はお手伝いありがとうございました。無事にキャンプができたのも、すべて裕太さんのおかげですわ」

「そんな、僕はただ困ってる人をそのままにできなかっただけだよ」

冷たい水で皿洗いをしながら、裕太は梓紗と会話に花を咲かせていた。

カチャカチャと音を立て水仕事に勤《いそ》しむエプロン姿の梓紗は、どこか艶めかしい。

亜麻色のロングヘアを靡かせた美人から称賛を受け、つい顔を赤くする。

「それに梓紗さんのお料理も美味しかったし、まさかキャンプで本格的なご飯を食べられるなんて思わなかったもん」

「あら、私の料理なんて、火のおこし方から器具の使いまで、全部裕太さんにご教示いただけたおかげですわ」

褒められれば梓紗も少年と同じように、頬を赤らめていた。

ふと横顔を盗み見れば、整った美貌を歪め恥じらう姿に見蕩れてしまう。

(梓紗さん、やっぱりどこか美雪お姉ちゃんに似てるな、お淑やかなところかな)

長い睫毛は夜風に揺れ、透き通る鼻筋はまるで西洋人形みたいに精緻《せいち》だ。

(綺麗なだけじゃなくてスタイルも。ああっ、いけないいっ、僕ったら何を考えてるんだろうっ)

気づかれぬようチラ見していれば、見事すぎるボディラインに圧倒される。

清楚なワンピースなのに完成された女体は、性の味を覚えた少年には目の毒すぎた。

そのままずっと鑑賞していたかったが、不意に梓紗は夜空を仰ぎ歓声をあげる。

「わあ、綺麗な星ですわねえ。こんな透き通る夜空、初めて見ましたわあっ」

「ふえっ、ううっ、うん、そうだね」

いい雰囲気になりかけた途端、突如興味を反らすお姉さんに少々拍子抜けする。

子供っぽい仕草に心のどこかで安堵すれば、二人揃って天上に煌めく星々に感嘆する。

「はあ、宝石みたいに輝いてます。やっぱりこの町に来てよかった。都会ではまず見れない星空ですもの」

「もう少し先に行った高台には展望台もあるんだ。そこから見る星空は絶景だよ」

「まあ、そんなところがありますの。今度是非案内して頂きたいですわ」

「うん、梓紗さんがよければ明日にでも。って、そっか、朝にはもう引き上げるんでしたよね？」

聞いた話では、たしか一泊の予定らしかった。

「あら、ご心配なさらないで。キャンプは終わりですけど、しばらく近くの旅館に逗《とう》留《りゅう》しますから」

「ホント？　じゃあまだこの町にいるんだね」

「私この町が気に入りましたの。できれば何日か滞在してみたいと思ってます」

「よかった。あっ、梓紗さん？」

まだしばらくいっしょにいられると思えば、笑顔の梓紗にそっと柔らかな手を握られる。

「それにしても裕太さんは頼もしいですわ。私より十二歳も年下には見えません」

「えっ、そうかなあ、楓お姉さんには子供みたいにからかわれちゃうんだけど」

水仕事を終えたばかりの手のひらは、つやつやと煌めいている。

吸い込まれるような琥珀《こはく》色の瞳に見つめられ、鼓動の高ぶりを抑えられない。

「ふふ、自信を持ってください。裕太さんはもう立派な殿方ですもの」

「ありがとう。梓紗さんにそんなふうに言われたら本当に自信がつきそう」

「お礼を言うのはこちらのほうです。裕太さんのおかげで今回の旅行がとても思い出深いものになりましたから」

にっこりと微笑む美女に褒めそやされ、さすがに照れる。

涼しげな風の流れる炊事場で、二十四歳の淑女と十二歳の少年は見つめ合う。

「二人共何をしてるのぉ。ただの洗い物にしては時間がかかりすぎじゃない？」

「わっ、楓お姉さんっ」

「アン、もう楓さんたら、いいところだったのに」

唇を近づけた瞬間、楓お姉さんの声に二人揃ってびっくりする。

ぴょんっ、と跳ねつつ離れれば、待つことに焦れた楓がやってくる。

「あー、まだやっていたの。いつまでかかるのかしら」

「もう終わったよ。あとはこの食器を片付けるだけかな」

「ええ、楓さんこそ、わざわざお迎えに来てくれたのかしら？」

お酒のせいで火照っていた頬も、薔薇色の麗しい艶を取り戻している。

「あら、それはよかったわ。私もお楽しみの準備が完了したから呼びに来たのよ」

「お楽しみ？　準備完了？　どういうことです」

「ふふ、就寝の準備をしていたんですわ。テントの中にエアマット式のベッドがありましたでしょう？」

楓に代わって梓紗が説明してくれる。

「そうそう、寝袋は窮屈そうで別なのがいいって言ったら勧められたのよ。広くてフカフカしてて、とってもいい寝心地よ」

どうやら二人が戻ってくるまで、就寝のための準備をしてくれていたらしい。

あとは床に就くだけとなれば、もう少年にできることはない。

「それはよかったです。じゃあ僕はこれでお暇《いとま》しますね。お休みなさい、ふえっ？」

だが挨拶をして立ち去ろうとする少年の肩は、お姉さんたちに止められていた。

「アン、待って、ボクくん。まだいいでしょう？」

「そうですわ、まだお礼もすんでいませんし、私たちのテントへお寄りあそばせ？」

「へっ、でも僕もそろそろ帰らないと、お母さんも心配するし」

もう八時を回り空は完全に暗くなった状況では当然だが、お姉さんたちは譲らない。

「心配しないで、実はちゃんとご両親の許可は取ってあるの。今日は大事な息子さんをお預かりしますって、ね」

「楓さんのおっしゃるとおり、何があっても私たちが責任を持ちますって言ったら、快く応じてくださったの」

「ええっ、いつの間に、さっき電話をしたときですか？」

驚く裕太に、楓も梓紗もコクリと頷《うなず》く。

どうやらとっくに、自分の予定は決められていたらしい。

戸惑う小学生の肩に手を置き、お姉さんたちは色づく瞳で至福の花園へと誘う。

「さあ、参りましょう。実は裕太さんの寝間着も用意してありますの」

「ええ、私たちの夜はこれからよ。いっぱい楽しみましょうね、ボクくん」

「ふああ、僕、いったいどうなっちゃうんだろう」

女神の微笑で誘う二人の美女に、もう拒否することなどできない。

早鐘を打つように動悸が激しくなるが、同時にお姉さんたちと共にいたい思いもあった。

逃れられない罠にかかった小動物みたいに、裕太は空しく天を仰いでいた。

＊

草原の一隅に据えられた広いテント内は、暑気の冷めない辺りと違い涼しげだった。

大バッテリーのエアコンで整えられた空調が、一晩中快適な環境を演出している。

天頂部に掛けられたLEDランタンが、妖しげな光で場を照らしていた。

「うふふ、さあいらっしゃい、ボクくん」

「ええ、今夜は三人でいっしょに寝ましょうね、裕太さん」

「ああ、楓お姉さん、梓紗さん」

煌々《こうこう》とした灯りの下、甘い声音に導かれたパジャマ姿の少年は呆然と立ち尽くす。

魅惑的な寝間着姿のお姉さんたちが、ベッド上から妖しい微笑みで誘う。

麗しすぎる肢体が横たわるさまは、さながら白く連なる山脈のようだ。

(こんなことになるなんて、いくら誘われたからって皆で寝るなんて信じられないよ)

何気ないお誘いを受け、簡単に承諾してしまった自分の軽率さが恨めしい。

まさかあられもない格好のお姉さんたちと、一つのベッドで眠るとは思わなかった。

「あの、その、やっぱり皆で寝るの？」

「くす、どうしたの。先ほどは喜んでくれたじゃありませんか」

「遠慮はいらないのよ。早く来てほしいな」

動揺しっぱなしの少年と違い、しどけなく横たわる二人の美女は嫣然《えんぜん》と微笑んでいる。

「裕太さんもそのパジャマよく似合ってますわ。元々は予備に買ったものでしたのよ」

「でもこれって女の人用ですよね、僕は男なのにちょっと恥ずかしいよお」

少年に渡されたパジャマは、派手なピンクの女物だった。

サイズも合わずブカブカだが、お姉さんたちはそんな姿にも満足げだ。

「あら、裕太さんはかわいいんですもの、そちらのほうがよろしいですわ」

「そうそう、ボクくんは女装だってできちゃうぐらい愛らしいんだから、これぐらい似合って当然よ」

笑顔で似合うと言われれば、素直な少年としては納得するしかない。

なにより梓紗たちのほうが、数段露出の高い装いなのだ。

「それよりも見てください。私、裕太さんといっしょに眠れると聞いて、楽しみで仕方ありませんでしたの」

「梓紗さん、ふわっ、動いたら見えちゃいますうっ」

「ふふっ、こちらのほうが動きやすいんです。寝袋は窮屈に感じてあまり好きではありませんの」

梓紗の寝間着はあまりにも大胆な、純白のベビードールだった。

全体にフリルやリボンをあしらった甘ったるいデザインは、お嬢様には相応しい。

豊満な肢体を包むそれは少し動くだけで、可憐なピンクの乳首まで透けてしまう。

「だめよ、梓紗。ボクくんはまだ小学生なんだから、あんまり悪戯しちゃ目の毒よ」

「楓さんまでそんな格好だなんて……はうう」

一方の楓お姉さんはピンクのネグリジェ姿で、蠱惑的に微笑みかけてくる。

こちらもきわどいカットが施され、とても寝間着には見えない扇情的なデザインだ。

思わず目を逸らし、おち×ちんが固くなるのを抑えるだけで精一杯だった。

「さあ、そんなことより早くこっちへ来て、いっしょに寝ましょう」

「このベッド、すごく広いから三人で乗っても大丈夫ですのよ？」

「はい、では失礼して」

元々押しに弱い性格の裕太は、強く勧められれば断れない。

駆動音を立てるエアコンから漂う微風が、なぜか喉の奥をひりつかせる。

おとなしく上がれば、シーツの敷かれたエアマット式のベッドの感触に驚く。

「へえ、フワフワしてるねこのベッド、なんかいい感じだな。わあっ？」

「うふふ、捕まえましたわ、裕太さん」

「ひえ、捕まえたって、いったい何を、わぷうっ」

ぽよんと跳ねるマットに感嘆していれば、突如梓紗お姉さんの胸中へ捕らわれる。

マット以上に弾む乳房に顔面を圧迫され、美女二人の間へ引き込まれてしまう。

たちまち少年を中心にして川の字になり、魅惑のおっぱい空間に挟まれる。

「こうして裕太さんをギュッ、とするのが夢でしたの。やっと叶いましたわ」

「はわわ、梓紗さん、そんないきなりっ、むぎゅううう」

フワフワの感触と芳《かぐわ》しい膨らみは、天国へ導く招待状みたいに鼻をくすぐる。

ワンピース姿のときは目立たなかったが、こうして薄着になればその大きさに驚嘆する。

「さあ、私の胸の中でずっと安らいでくださいね」

「おっぱい、梓紗さんの大きなおっぱい気持ちいい、ふわあああ」

「ああっ、ずるいわよ、梓紗。ボクくんを抱っこするのは私なんだからあ」

「ひゃあっ、楓お姉さんまでそんなっ」

梓紗のほうも褥《しとね》を共にできて、ご満悦な態度を崩さない。

幸福に浸る二人を見て、負けじと楓もたわわなおっぱいを押しつけてくる。

「ふふふ、私のHカップのバストに勝てる子なんていないのよ。さあ、お姉さんにいっぱい甘えてね？」

「あら、私この前測りましたら、百五センチのIカップに成長してましたのよ。裕太さんも大きいほうがお好きですよねえ？」

「あいかっぷっ。まさかそんな人類がいるなんて信じられない」

誇らしげに自らの美巨乳を披瀝する梓紗に、裕太は啞然とする。

HだのIだの、つい先日まで美雪のGカップに驚いていた話が嘘のようだ。

もはや規格外の超爆乳に、ひたすら圧倒されていた。

「梓紗ったらすぐに対抗心を燃やすんだから、ボクくんは私にべったりなのよ、ね？」

「そんなことはありませんわ、殿方は皆大きい乳房にご執心ですもの。裕太さんも例外ではないでしょう？」

「うぐっ、それは」

爆乳の間に挟まれ進退窮《きわ》まるが、当の美女たちは楽しげだった。

あれこれ言い合っていても、本気で裕太を取り合う気はないらしいことに気づく。

ただ少年を挟んで、仲よくおしゃべりをしたいだけみたいだ。

「おっぱいの話題はここまでにいたしましょうか。私三人で眠れるなんて、なんだかワクワクしていますの」

「そうね、寝るまでの間、私たちとおしゃべりしましょ、ボクくん」

「はい、なんだかお姉さんたちといると、すごく安心しますぅ」

少年を取り合うことに飽きたか、テント内はいつしか穏やかな雰囲気へ変わっていた。

最上級の絨毯みたいなおっぱいに囲まれホッとすれば、いっさいの思考が奪われる。

二人のお姉さんも華奢な小学生の身体を愛でながら、賑やかなおしゃべりに夢中だった。

「それにしても、裕太さんのお肌はすべすべですね。まるで女の子を抱いてるみたいです」

「そんな、僕なんかより梓紗さんのほうこそ綺麗だよお」

「まあ、お上手ですこと。褒めていただいて嬉しいです」

心の底から少年との邂逅《かいこう》を喜ぶ梓紗に、思わず感動してしまう。

(でも梓紗さんは知らないんだよなあ、僕と楓お姉さんがエッチしちゃったこと)

幸せそうな笑顔を見れば、何やら裏切った気分になり心苦しい。

残光眩しい神域で、獣欲を剝き出しにして交わったはつい数時間前なのだ。

(ピンクのツブツブおま×こにおち×ちんギュッってされて、はあ、すごく気持ちよかった)

ぽよんと弾むおっぱいやおま×こに、いっぱいピュッピュしてしまった。

爛《ただ》れた情事を思い出すたび、興奮からおち×ちんがガチガチになっちゃう。

もっとも当の楓はすました顔で気にしたふうもなく、少年の頭をナデナデしている。

「どうせなら子守唄も歌ってあげようかしら。ボクくんにはまだ必要でしょう?」

「楓お姉さんたら、僕もう子供じゃないんだよ」

「はい、わかっておりますとも、裕太さんは頼れる立派な殿方ですわ」

「そうそう、私たちのとってもかわいい恋人よね」

「うう、なんだかすごくからかわれてる気分」

美しすぎるお姉さんの冷やかしに戸惑えば、つい大きなあくびをしてしまう。

いろんなことがありすぎたせいか、やはり疲れているのかもしれない。

「あら、そろそろおねむみたいね。今日はいろいろ頑張ってくれたものねえ」

「まだお子様ですし仕方ないですわ。では明かりを消しましょうか」

おとなしくおっぱいに挟まれる少年に安堵し、梓紗さんはパチリとランタンを消す。

もっとも暗くなったあとも、ずっと抱きしめてくれたままだった。

「おやすみ、ボクくん。いい夢を見ましょうね」

「うふふ、それではおやすみなさい、裕太さん」

「はい、おやすみなさい」

薄闇の中、少年を中心に仲よく三人並んで床に就く。

ぷにゅんと変形する柔らかなおっぱいは、枕としても極上の寝心地だ。

しばしときが流れれば、両隣のお姉さんたちも安らかな寝息を立てていた。

「楓お姉さん、梓紗さん、寝ちゃったの？」

「んん、すう……」

「んふう……」

問いかけても楓も梓紗も、答えることなく眠りに落ちている。

二人共すごく寝つきが早くて、どっちが子供なのかと思う。

「今は、十時半か。眠たいはずなのに急に目が冴えてきたよ、ううっ」

小学生にとってはもう寝てしかるべき時間のはずだが、なぜか身体がムズムズする。

HとIの爆乳の海に包まれていれば、興奮が睡眠を邪魔するのも当然だ。

ついブランケットの中でもぞもぞしながら、右隣で満足そうに眠る楓を見上げてみる。

「楓お姉さん？」

「にゅうう、むふうう」

問いかけても返ってくるのは寝言だけだ。

でも整った美貌を見るだけで、数時間前に行われた営みが目に浮かぶ。

「こんな綺麗な寝顔なのに、昼間はあんなエッチな格好で僕としちゃったんだ」

めくるめく交わりを思い起こせば、おち×ちんが熱くたぎる。

「あのときはキスから始まって、おっぱいでおち×ちんをあやしてもらったあと、ヌルヌルになったおま×こへ僕のを……ああっ」

妄想に惑溺すれば、幼い身体のなかで何かが跳ねる。

実際三人いっしょにベッドに入った段階から、もう我慢できなくなっていた。

「んんう、ボクくうん、好きぃ」

「楓お姉さん、寝てても僕のことを思ってくれてるんだ」

すやすやと眠りながら自身の名を呼んでくれる楓が、たまらなく愛おしい。

今日会ったばかりなのに、少年のなかではかけがえのない存在になっていた。

我慢しようとしても、欲望に目覚めたばかりの幼い肉体は抑えられなかった。

「はあはあ、もうダメッ、楓さんごめんね、んんむううう」

「んんっ、んふうううっ」

いけないと思いつつ、すっと首を伸ばし楓の唇を奪う。

にゅるりと舌を差し込むと、眠っているはずのお姉さんの身体がビクッ、と痙攣する。

寝込みを襲うキスは、お酒の香りがする大人の味だった。

「はむう、お姉さん。好きぃ、むちゅううう」

「アンッ、むふっ、むううう」

「楓さん、感じてるの？　そんな姿を見たら、ああっ」

くぐもった声にパジャマの中で膨れ上がったおち×ちんが、爆発しそうになる。

「梓紗さんが傍にいるのに、いけないのはわかってるけど、今すぐエッチがしたいよぉ」

大切な人と引き離され、傷ついた裕太の前に現れた二人の美女。

その豊満な肢体で心を癒やし、溢れる母性で慰めてくれた女神だった。

「この綺麗な寝顔が、僕のおち×ちんで貫かれると、とってもエッチに変わるんだ」

薄明かりに照らされた美貌は、吸い込まれそうなほど魅力的だ。

でもガチガチおち×ぽをおま×こに突き入れれば、かわいい声で鳴いてくれる。

「はあ、楓さんのおっぱい、また見せてほしいな」

爛れた悦楽を思い出しつつ、ネグリジェのボタンを外してゆく。

薄絹をそっとずらせばプルルンッ、と飛び出る純白の双丘は何度見ても壮観だった。

「アンッ、んんん」

「ふわあ、お姉さんのおっぱい、やっぱり綺麗だよぉ」

魅惑のHカップバストは、吸ってくださいとおねだりするように揺れている。

「ああっ、楓さああん、んちゅううううっ」

「はうんっ、んふうう」

夢中でおっぱいにしゃぶりつけば、楓の肢体はさっきよりも激しく震える。

「はむっ、んちゅうう、おっぱい、ああ、おっぱいいいぃ」

チュウチュウと吸い立てれば、乳首はいやらしくしこり立ち、明らかに感じていた。

寝てても反応するなんて、女の人の身体はなんていやらしいんだろう。

深い眠りに落ちながらも眉根を寄せ、苦しげな表情も色っぽかった。

「んふっ、むうううっ、すううう」

「楓さんっ、そんなお顔されたら、おち×ちんをすぐにも入れたくなっちゃうよおっ」

耐えられなくなった少年は、パジャマのズボンから勇んでおち×ちんを取り出す。

ブルンッ、としなりつつ飛び出るそれは、ありえないほど太くなっていた。

「どうしちゃったんだろう、僕のおち×ちん。見たこともないほど大きくなってるよ」

三人で寝る興奮からか、ビクビクと血管すら浮かぶさまに我ながら驚く。

若さに漲《みなぎ》る陰茎は、手のひらの中で頼もしく唸りをあげる。

「あふう、ボクくん、んんん」

切ない寝言を聞けば、おち×ちんが今にも破裂しそうで、一刻の猶予もならない。

「ああっ、楓さんっ、僕もうっ」

ガチガチおち×ぽに命じられ、乱れたネグリジェ姿のお姉さんへのしかかる。

乱暴にショーツを引き下ろすと白い太股を拡げ、いきり立つ先端を割れ目へ宛てがう。

「はああっ、入れるよっ、楓お姉さんっ。おち×ぽ入れちゃうからねっ」

ぬちゅりと音を立てつつ、ピンクのめしべを猛る若牡で貫こうとする。

勇んで腰を突き出せば、念願の結合はすぐそこだった。

「こおら、女の子の寝込みを襲っちゃダメでしょ？ ゆ・う・た・さ・ん？」

「ええっ？ うひゃあっ、はわわっ、梓紗さんっ？」

だが次の瞬間、我を忘れた少年の耳元へ、梓紗が背後から息を吹きかけ囁いてくる。

背中にムニュリとおっぱいを押しつけられ、心臓が止まるほど驚く。

「いけませんわねえ、傍で私が寝ていますのに楓さんにイタズラしちゃうなんて。まだ小学六年生なのに悪い子です」

「あのっ、これはその……梓紗さん、起きてたんですかあ？」

もしかして、今まで楓にしていたことを目撃されていたのだろうか。

すべてを見通す瞳は、暗闇の中でも妖しく煌めいている。

「はい、薄目を開けて裕太さんがエッチな悪戯をしないように見張っていたんです」

「ふええっ、じゃあ僕がしたことも全部ですか？」

「もちろんですわ。楓さんにキスして、おっぱいムニュムニュしながらおち×ちんを挿入しようとしたこともね、うふっ」

「うぐ、これはその、わぷううっ？」

事もなげに宣う梓紗さんはクスリと笑い、Ｉカップ爆乳へ少年の顔面を沈める。

視界が真っ暗になり、薔薇園のような芳しい香りに囚われる。

「もうっ、迫るのなら楓さんではなく私のほうではありませんこと？」

「うぐうっ、迫るだなんてそんなっ」

「あら、殿方は愛する女性の寝込みを襲うものなのでしょう？　私、裕太さんに忍んでいただけるのを待っていましたのよ」

「僕は寝込みを襲う趣味は、あっ、いえ、楓さんは別ですけどっ」

微妙に間違った性知識を披露されるが、現場を押さえられた以上抗弁もできない。

「お願い、私にも楓さんと同じことをしてくださいませ。裕太さんにならどんなことをされてもかまいませんわ」

「どんなこともって、ひゃあっ、ちょっと待ってくださあいっ」

抵抗する間もなく、爆乳に搦《から》め取られベッドへ押し倒される。

窒息しそうな乳圧のなか、少年は寝間着姿の美女に組み伏せられていた。

「ぷはあっ、梓紗さんっ、おっぱい押しつけられたら息が、むぐぐっ」

「だって、裕太さんたら幸せそうに楓さんを襲われているんですもの。そんなものを見たら私、どうにかなってしまいそう」

淫らに交わる裕太と楓を盗み見て、欲望の疼きに耐えられなくなったらしい。

ムニムニといやらしく変形するおっぱいで少年を責めつつ、切なく求めてくる。

お姫様みたいなベビードール姿の爆乳美女に迫られるなんて、まるで夢物語だった。

「でも、いきなり襲ってと言われても僕はっ、ふぇえ」

男なら誰もが妄想する情景だが、さすがに隣では楓が熟睡しているのだ。

つい逃れようとすれば梓紗はシュン、と寂しげな顔を浮かべてしまう。

「そうですか。やっぱり私みたいな年上の女性では魅力はありませんか？」

「そんなことっ。梓紗さんはすごく美人だし、その、おっぱいも大きいし、僕も大好きだよっ」

「まあ裕太さん、嬉しいです」

落ち込む梓紗を褒めちぎれば、顔をぱあっ、と明るくさせる。

小学生の賛辞に喜ぶあたり、十二歳も年上には見えなかった。

「ただ信じられなかったんだ。梓紗さんみたいな綺麗な人が僕を好きになってくれるなんて」

「自信をお持ちになってください。私、一目見たときからあなたをお慕いしていました」

「お慕いって、そんな、今日会ったばかりなのに」

「時間は関係ありませんわ。裕太さんは誠実で頼りがいがあって、私の理想の殿方ですの」

愛しげに少年の頬を撫でながら、梓紗は語りかける。

吐息や体温を感じられるぐらい密着しながら、恋する乙女みたいな告白をしてくれる。

「嘘みたいだよお、梓紗さんみたいな美人にそんなこと言われるなんて」

「うふふっ、嘘だなんて、私ずっと裕太さんと愛し合いたいと願ってましたのよ」

薄暗い夜のテント内、少年とゆるふわ美女はベッドの中で見つめ合う。

ここまで心情を吐露され思いに応えないのは、男として沽券《こけん》に関わる気がした。

「ああ、梓紗さん」

「裕太さん、お慕い申しています」

潤んだ瞳が淑やかな睫毛を揺らせば、少年の心にはさざ波が立つ。

静かに寝息を立てる楓を横目で見ながら、可憐に色づく唇を奪っていた。

「むふうっ、好きい、梓紗さあん、んちゅううう」

「あふんっ、裕太さん。私も好きいっ、んんんんっ」

小鳥が啄《ついば》むような激しい口づけで、十二歳と二十四歳は愛を深め合う。

さっきまで楓を襲おうとしたことなど忘れ、亜麻色の髪の美女と接吻に夢中になる。

クチュクチュと舌の擦れ合う音が、静まりかえった空間に充満する。

「むふうん、裕太さん。あなたみたいな子供を愛する大人のお姉さんを許してえ、んうう」

「ふああ、大好きだよお、梓紗さん」

「アン、嬉しいですう。もっとキスしてええ」

深く長いキスを続ければ、頭に靄《もや》がかかったみたいにぼやけてくる。

甘ったるい悦楽に恍惚とすれば、レースに包まれた豊穣のシンボルへ手を伸ばす。

「はああ、梓紗さんのおっぱい、柔らくてあったかい」

「きゃっ、裕太さんのおさわり、とってもいやらしいです」

ムニュムニュとたわわに実ったおっぱいを揉みしだくと、かわいい声をあげる。

さんざん責められてきた爆乳だが、こちらが責めれば途端にしおらしい反応をする。

「大きさもすごいや。ホントに楓さんよりも大きいみたいだね」

「イヤン、比べるなんて恥ずかしいです」

晩熟な反応に触発され、ドレスみたいな純白のベビードールを脱がす。

薄絹を剥かれればぽよよんっ、とIカップ超爆乳を露にすればその存在感は凄まじい。

仄暗い闇の中、月の光を受けたおっぱいは輝いていた。

「ふわあ、大きいだけじゃなくてプルプルしてるよお。こんなにすごかったんだあ」

「アアン、裕太さんたら、まだ小学六年生ですのに破廉恥すぎますわ、ひゃあんっ」

健康的に焼けた楓とは真逆な処女雪の如きおっぱいは、鮮烈だった。

採れたての果実みたいな瑞々《みずみず》しい双丘に、少年の心は容易く奪われる。

ツン、と浮かび上がった薄桃色の乳首を、飢えた野獣の如くむしゃぶりついてしまう。

「はむうう、大きいおっぱい大好き。むちゅううう」

「アンンッ、裕太さあんっ、そこはあああっ」

白い女体を弾けさせ、梓紗は悲鳴にも似た艶声をあげる。

ぬろぬろと軟体動物みたいな舌に這い回られ、うっとりとした表情を浮かべていた。

「むちゅうう、おっぱい、白くて綺麗なおっぱい、んはあああ」

「裕太さんたらそんなにチュウチュウ吸って、私のおっぱい気に入っていただけましたのね、はああんっ」

「うん、こんな大きなおっぱい初めて。大好きだよ、梓紗さあん」

「アンッ、嬉しい、嬉しすぎて私、どうにかなってしまいそう。アンンッ」

美雪や楓とのセックスを経験した十二歳の性技は、梓紗の想像を超えていた。

感じるツボを弁《わきま》えた少年の愛撫に、二十四歳の肢体は驚愕する。

チロチロといやらしく乳首を這い回ったかと思えば、次は軽く歯を当てて刺激する。

「ふああっ、裕太さん上手すぎますわ、アアン、もうダメええっ」

「はむうう、もっと感じてほしいよ、梓紗さん、ちゅううう」

「いけません、そんなっ、ああっ、でも裕太さんのおしゃぶり、巧みすぎですのお」

焦れったい乳首責めに、苦悶の表情を浮かべる梓紗は色っぽすぎた。

快感にニップルをしこり立たせ、ベッドの上ではしたない嬌態を晒してしまう。

ガチガチに勃起した若牡は、いっそうこの美女を辱《はずかし》めろと唆してくる。

「はあ、もっと梓紗さんのことが知りたいよ」

「ええっ、何を、ひゃああんっ、そこはいけませんわっ」

爆乳を弄んでいた腕が、ついに淑女の秘密の場所へ伸びる。

純白の布帛には、もう隠しようがないほどしっとりと濡れていた。

「イヤン、指でクリクリなさらないでえ、んくううっ」

「梓紗さんのここ、濡れてる。おっぱいチュウチュウされて感じたんだ。楓さんと同じだね」

「そんなことおっしゃらないで。裕太さんの意地悪ぅ、きゃああんっ」

困惑するIカップ美女を観察しながら、無造作な指がショーツのクロッチを刺激する。

溢れる蜜は布地だけでなく、愛撫する手のひらもべっとりと汚す。

乱れに乱れた様子を見れば、ついするすると脱がそうとする。

「もっと見せて。梓紗さんのおま×こ、僕がいっぱい愛してあげたいんだ」

「アアンッ、そこだけはっ、ひゃああん」

口では拒絶しても、ショーツをめくる少年の手を止めることはない。

むしろ腰を浮かし脱がせやすくするあたり、梓紗も楓に劣らぬほど淫奔な性質だ。

「見ちゃうよ、梓紗さんの一番大切な秘密。見ちゃうからね」

「アアアン、イヤあぁん、裕太さんのエッチぃ」

ぐいと太股を拡げられ大切な花園を露にされても、梓紗は抵抗しなかった。

「はあはあ、これが梓紗さんのおま×こ、ピンクの綺麗なおま×こ」

「裕太さんたら恥ずかしすぎます。私、どうにかなってしまいそうですのよ」

暗がりの中でいやらしくヒクつく花びらは、楓よりも密やかに閉じられている。

合わさった貝殻を連想させるそれは、獣欲を焚きつけ男を狂わせる魅惑の花園だ。

もうすぐここに固い分身を挿入できると思えば、感謝の念を込め熱い口づけを捧げる。

「むふっ、んちゅうう、これがおま×この味なんだ、ふああ」

「きゃあああんっ、裕太さんのお口が私のおま×こにいいいいっ」

生温かい舌が小陰唇から膣口まで一気に舐めれば、梓紗は褥の上で跳ねる。

ぶちゅりとぶ厚いベロが敏感な秘粘膜をなぞり、豊満な肢体の隅々まで悦楽が広がる。

「アンッ、アアアンッ、そんなところを舐めては、はあああんっ」

「んふう、だっておま×こから蜜がいっぱい零れてくるんだもん、ペロペロしたくなっちゃうの」

「ひゃんっ、ダメえっ。小学生に舐められて感じるなんてっ、でもいいのっ、もっとペロペロしてくださいませええっ」

子供にいいように責められ、もはや大人としての矜持《きようじ》は崩壊する。

髪と同じ亜麻色の和毛が切なげに揺れ、隠されたクリトリスも卑猥に勃起する。

「梓紗さん、そんなにいいんだ。ならもっとおま×こ舐めてあげるね」

「はいっ、裕太さんにおま×こチュウチュウしていただいて幸せですうっ。もう思い残すことはありませんわあっ」

シーツをギュッと握りしめ、クンニの快感に酔いしれる。

隣ではまだ楓が眠っているのにあられもない声をあげ、もはや快楽の虜だった。

裕太も大人の女性を満足させたと思えば、おち×ちんがもう耐えられない。

「梓紗さん、もういいよね。そろそろおま×こにおち×ちんを入れたいよっ」

「はああ、あふう、裕太さん、おち×ぽを挿入したいのですね」

全裸になった裕太の悲痛な訴えに、梓紗の母性も刺激される。

そのまま若さ漲る逸物に貫かれるのもいいが、もっと少年を楽しませてあげたい。

妙案を思いつくとそっと身を起こし、やんわりと頰をナデナデしてあげる。

「では、ここからは私にお任せください。もうお疲れでしょう?」

「ふえっ、別に疲れてはいないけど、うわあっ?」

「うふふっ、こう見えて殿方を喜ばす術《すべ》は心得てますの。ほらっ」

「うひゃあ、梓紗さんっ、いったい何をっ」

不思議そうな顔の少年に微笑むと、巧みに体勢を入れ替えベッドへ寝かせてあげる。

ギシリと音を立てれば、いつしか梓紗が上に跨がる体位となっていた。

「くすっ、どうでしょうか。さっきと体勢が逆ですわね」

ベッドに寝かされ美女に見下ろされるなんて、何やらいけない気分になってくる。

「こんな格好なんて、ううっ、おち×ちんにおま×こが当たってるぅっ」

「アンッ、つるつるのおち×ぽ固いですわ。それにすごく熱いぃっ」

不安げな少年に微笑みつつ、腰を微調整して濡れ濡れの割れ目を幼根に押し当てる。

猛々しい怒張にめしべを擦りつけ温度を測れば、その熱量に舌を巻く。

爆乳をフルフル揺らし男の上でさえずるお嬢様は、見蕩れるほどの美しさだ。

「これは騎乗位といいますの、この体位ならもっと愛して差し上げられますわ」

「きじょうい、っていうんだこれ。おま×こがおち×ちんをグリグリしてるよっ」

「裕太さんのおち×ぽも素敵ですわ。なんて逞しいんでしょうっ」

発情した目でうっとりする梓紗は、やはり楓や美雪以上に淫奔だった。

色っぽく寝間着を乱れさせ、たわわなIカップも官能から桜色に染まっている。

「梓紗さん、早くおち×ちん入れたい。もう辛抱できないよっ」

「はい、いま挿入いたしますね。そのままじっとしていらして、んんんっ」

笑顔で応えると、極限まで反り返る剛直を臍から引き剝がす。

そそり立つ若牡をグッ、と摑み、はしたなくお漏らしするめしべへと宛てがう。

ぬちゅりと先っちょを敏感な秘粘膜へ突き立てれば、かわいい声をあげる。

「きゃあんっ、固いのが当たってますう。こんなに太いなんて信じられませんっ」

「あううっ、おま×こもヌルヌルしてるぅっ」

「んんっ、おち×ぽ堪りませんわっ。では参りますね、んふうう」

少年の要望に応え、ゆっくり腰を下ろしてゆく。

ミチミチと濡れそぼつ花唇を広げる音が、真夜中のテントに満ちる。

「うぐうっ、梓紗さんのおま×こが僕のおち×ぽをっ、ふああっ」

「くううっ、熱いですわ。こんな固いのを入れるなんて、はああんっ」

躊躇いつつも意を決し、勢いよく桃尻を落とした瞬間、ぶちゅんっと淫らな音が響く。

「きゃあっ、ふああんっ、おち×ぽがズブズブッていっぱいぃいっ」

「ぐうううっ、おち×ちんがっ、おち×ちんがおま×こに入ってるよおぉっ」

「はあああん、ダメえっ。おま×こ裂けちゃううううっ」

絶叫と共に猛る男根が、楚々とした女陰を奥まで貫き通す。

夢にまで見た結合が果たされた途端、眼前には濃密なピンク色の花園が広がっていた。

「はうんっ、なんて大きい。これが殿方のおち×ぽなのですねっ」

「梓紗さんのおま×こも、ヌルヌルなのにギュウギュウだよっ」

「裕太さんのおち×ぽも太いですわあっ。おま×こいっぱい拡げられてしまいますううっ」

全身を駆ける稲妻に、魅惑の女体は少年の上で淫らに弾ける。

挿入の感動からピクピクと乳首が浮かび上がるのは、ゾクリとするほどいやらしい。

清らかな肌は喜びで紅潮し、ぬるぬるの牝膣は楓とはまた違った締めつけだ。

「ふああ、熱く絡みついてくるっ、こんなおま×こ初めてぇ」

「これが騎乗位ですのっ。殿方が一番満足していただける体位ですのおっ」

「騎乗位ってすごいやっ。この格好だとおち×ちんがおま×こに入ってるのが丸見えだもん」

「ヤン、恥ずかしいからそんなことおっしゃらないで、アンンッ」

美巨乳をぷるんとさせ、恍惚とした表情で梓紗は解説してくれる。

視線を絡ませる少年と美女は互いの手を握り、いつまでも感動に浸っていた。

「嬉しいよお。こうやって梓紗さんと一つになれて」

「私も同じ気持ちですわ。愛しい殿方と結ばれて、女としてこれ以上の喜びはありません」

「ああ、梓紗さん、好きぃ」

「私も愛してます、裕太さん。あら、きゃあっ？」

だが、キスしようと唇を寄せた瞬間、梓紗の背後から伸びた細腕が乳房をギュッと摑む。

悲鳴をあげつつ振り返れば、そこには見知った美女が険悪な面持ちで佇んでいる。

「まったく、人が寝てるのをいいことに、ずいぶん勝手な真似をしてくれるじゃない？」

「ふえっ、楓お姉さん？」

「まあ楓さん、起きていらしたのね」

ぬっ、と現れたのは先ほどまで傍らで熟睡していた楓だった。

やはり声をあげすぎたのがいけなかったのか、目を覚ましてしまったようだ。

「当然でしょ。あんなはしたない声を出してたら誰でも起きちゃうわ」

「あらあら、もう少し寝ていらしてもよろしかったのに。ひゃあんっ」

ムギュリと摑んだおっぱいに力を込めれば、たちまち甲高い声があがる。

細い指がしこり立つ乳首を、少々強めに摘まんだからだ。

「それはこっちの台詞よ。よくも私のボクくんとエッチしてくれたわね。この泥棒猫っ」

「やあん。でも楓さんだって昼間は裕太さんとお楽しみだったじゃありませんか？」

何気なく発する梓紗の言葉に、ギョッとする。

「ふえっ、まさか梓紗さん、僕と楓お姉さんのことを気づいてたの？」

「うふふ、もちろんですわ。楓さんのことですから、きっと裕太さんとそういうご関係になると思っていましたの」

どうやら日中、楓と水辺で愛し合ったことは、とうに知っていたらしい。

満ち足りた美貌ですべてを承諾済みと語る梓紗は、事もなげに答える。

「でも誤解なさらないで、そのことを咎めてはいませんのよ。ただ私も裕太さんと愛し合いたいだけですの」

「梓紗ったら、悲しむボクくんを慰めてあげるのは私の役目だったのにぃ」

「アンッ、私にとっても裕太さんは愛しい殿方ですわ。楓さんと二人で慈しむことに何の躊躇いもありませんの」

「梓紗さん、楓お姉さんも、そこまで僕のことを思ってくれてたんだ」

修羅場かと思われたが、二人のお姉さんはすべてを承知しているみたいだった。

少年を愛することは義務と高らかに言い放つ姿に、裕太の胸には喜びが広がる。

満足げな様子の梓紗を見て、楓お姉さんもやれやれと溜息を吐いていた。

「しょうがないわねえ。でも梓紗の言うとおり三人のほうが楽しめそうだわ、うふふ」

「ええっ、っていうことは？」

「言葉どおりですわ。これからは私たち二人をたっぷりとかわいがってくださいませ」

まるで三人で愛し合うことが必然といわんばかりに、梓紗はにこやかに微笑む。

楓も最初から認めていたのか、ネグリジェをはだけさせHカップバストを露にする。

「くすっ、ボクくんはかわいいすぎるものね。皆お姉ちゃんになりたくなっちゃうの」

「ふふっ、裕太さん。私たちをお姉さんだと思って愛してくださいね」

「ああ、楓さん、梓紗お姉さん」

感慨深く頷く梓紗と楓は、美雪に代わり裕太を慰めようというのだろう。

淫らで奔放で、でも限りなく優しい二人の美女は慈愛の女神の如き麗しさだ。

甘い吐息の零れる真夜中のテント内は、少年と女神たちが愛し合う、神聖な密室と化す。

「では再開いたしましょうか、おち×ちんはまだ私のなかで硬いままですもの」

「えっ、ふわわっ、梓紗さん、いきなり腰動かしちゃダメえええっ」

もはや何の遠慮もなくなったせいか、少年の胸に手をつき奔放に腰を動かす。

さっきまでとは違う淫蕩な表情を浮かべれば、悦楽のダンスを開始する。

「アンッ、裕太さんのおち×ぽ、やっぱりすごいですわあ。こんなの初めてですうっ」

「ぐうっ、すごく締まるっ。おち×ちんがグイグイされちゃううううっ」

巻き起こる快楽の嵐に、歓喜の声が湧き上がる。

「アアンッ、おち×ぽ太いぃぃいっ。腰が止まりませんわあっ」

「うああっ、おま×こグリグリって、ギュウギュウしてくるよおっ」

「キャンッ、ひゃああんっ、動かないでくだいませえ。私も感じてしまいますううっ」

亜麻色へアのゆるふわ美女が、小学生の上で腰を振るのはいやらしいにもほどがある。

傍で親友が見ているのも忘れ、梓紗は十二歳の若勃起に夢中になっていた。

「すごいわ、梓紗。ボクくんの上に跨がってそんなエッチに腰を振るなんて」

「はあん、だって裕太さんのおち×ぽ素敵なんです、太くて硬くて堪りませんのおっ」

「はぐうっ、キュウキュウって締めつけて、梓紗さんのおま×こもすごいよおっ」

梓紗が腰を揺するたび牝襞も蠢き、複雑に若牡を締めつける。

女が上になる体位では蜜壺の具合も異なるのか、牡の獣性も激しく燃え上がる。

「はああ、もう堪らない、おち×ちんが我慢できないよっ」

「ええっ？　アアンッ、裕太さん何をっ、きゃあああんっ」

逸物を絞る悦楽に耐えられなくなった裕太は、腕を伸ばしくびれた腰をがっしりと摑む。

獣欲の赴くまま、渾身のピストンでガンガンと下から突き上げる。

「キャアッ、アアアアンッ、裕太さん、それ激しいっ。ひゃあああんっ」

「はああっ、おま×こいいよっ、梓紗さあんっ」

「アアンッ、お願い止まってえっ。裕太さんを喜ばすのは私の役目なのにぃ、ひあああんっ」

「そんなこと言われても、おち×ちんが止められないのっ。ごめんなさいっ」

目覚めた欲望は、二十四歳の華奢な肢体を破壊するほどに激しかった。

大人として裕太を導いてあげたかった梓紗の目論見《もくろみ》は、脆くも崩れる。

ギシギシとベッドはいやらしく変形し、艶やかな声も突き込みのたびに高くなる。

「んはあんっ、いけませんわ。でもいいのっ、子供おち×ぽ最高ですわあっ」

「梓紗さんのおま×こも最高だよっ。とっても気持ちいいっ」

「アアアンッ、もっと突いてえ。私を裕太さんだけの物にしてくださいませええっ」

もはや年上として威厳もなく、ただ子供のペニスを求める浅ましい牝になってしまう。

猛々しい剛直に女壺を攪拌され、牡の権威に完全に屈服していた。

強烈なピストンで、透き通る亜麻色のヘアが乱れるのも美しかった。

「梓紗ったら、ボクくんに突かれてあんなに感じるなんて、うらやましいわあ。アンッ」

傍らで二人の交わりを見つめる楓も、切ない気分に陥《おちい》っていた。

本能のまま交わる少年と親友に身体中が痺れ、秘裂からはいやらしい蜜が滴る。

「ボクくんのおち×ぽがおま×こをズンズンして、いっぱい感じてるの。ああ、なんていやらしいのかしら、んふっ」

発情した目で荒い息を吐きつつ秘割れに指を差し込めば、そこはもう大洪水だった。

感じるクリトリスを弄りながら、楓はクチュクチュとはしたない遊戯に夢中になる。

親友の艶声と愛する少年の絶叫を聞けば、もう耐えられそうになかった。

「アアンッ、もうダメッ、ボクくううん」

「ふわっ、楓さんっ？」

「キャッ、楓さんたらあ」

大胆にも裕太の顔面を跨ぎ、すでにぐっしょりと濡れた秘芯を見せつける。

「見てえ、ボクくん。お姉さんのおま×こ、おち×ぽが欲しくていっぱい濡れてるのお」

「うわあ、楓お姉さんのおま×こ、滝壺でしたときよりもグショグショだよお」

目前に展開された蜜滴る女陰は、虚空に咲く一輪の花みたいに芳しい。

「もう楓さんたら、今は私と裕太さんが愛し合ってる最中ですのよ」

裕太を下に楓と見合うスタイルとなった梓紗は、快楽に浸りながらも不満げだ。

だが発情した瞳の楓は、愛の営みに割り込んでも悪びれるふうもない。

「いいじゃない。あなたたちのエッチを見たらもう堪らないの。これからはいっしょに、ね？」

「仕方ありませんねえ。アンッ、裕太さんのおち×ぽ、また太くうっ」

親友の淫奔さに呆れる梓紗だが、自身を貫く男根の雄々しさにも驚嘆する。幼げな少年に二人の美女が跨がる背徳的な構図は、劣情をさらに煽り立てる。

「むふふ、さあボクくん。お姉さんのおま×こ、君の好きにしていいのよ」

「むぎゅうっ、わぷっ、楓さんっ」

「きゃっ、お口が当たって気持ちいいのっ。もっとグチュグチュしてえっ」

ヌチュリと卑猥なめしべを顔面に押しつけ、舐めて、とはしたなくおねだりする。

梓紗と同じくいやらしく腰を動かし、濃密な牝の匂いをマーキングしてくる。

「くすっ、裕太さん、おち×ぽがお留守になってますわよ。もっとツキツキしてくださいませ」

「梓紗さんまで、ぐうっ、おま×こがまたギュウってしてくるうっ」

さらには梓紗も緩めていた腰のグラインドを再開させ、肉棒をきつく締めつける。

たちまちグチュグチュと淫らな水音が巻き上がり、周囲を妖しげな雰囲気に染める。

「くううっ。梓紗さんのおま×こ、にゅるにゅるしておち×ちんに吸いついてくるううっ」

「そうですわ。もっとズンズンして私のおま×こ堪能してくださいませえっ」

「アンッ、ボクくうん。お姉さんにもしてえ」

「楓さんまで、ううっ、んふっ、んちゅううう」

「きゃあんっ、そうよ。お口でペロペロしてほしいの、アアンッ」

夜も更けた草原の傍らで、外界と隔絶されたテント内に饗宴が繰り広げられる。

艶やかな二人の巨乳美女が、あどけない少年の上に跨がり痴態に耽っている。

二十五歳と二十四歳の淑女たちが愛しているのは、まだ十二歳の小学六年生だった。

「はああん、ボクくんのペロペロ感じちゃうぅっ。いやらしく這い回ってるのぉぉ」

「んちゅうう、楓さんのおま×こ、梓紗さんより濃い味がするよお」

「ヤダ、比べちゃイヤよおっ、アアアンッ、舌を入れないでえっ」

三人での性交が興に乗れば、初めは内気だった少年も次第に大胆になってゆく。

決然と天をめがけて腰を繰り出し、梓紗の柔壺を雄々しく抉《えぐ》りまくる。

同時にズブリと舌を楔《くさび》のように差し込み、楓のおま×こも蹂躙《じゅうりん》する。

「裕太さあん、ズンズン激しいの。そんなに突かれたらどうにかなってしまいますう」

「お姉さんもどうにかなっちゃうぅっ。ボクくんのお口とっても上手なのぉっ」

「ああ、楓さん、梓紗さん、二人共いやらしすぎるよ。おち×ちんが止められないっ」

桃源郷の如き快美感に全身を包まれ、少年の頭は牡の欲望で煮えたぎる。

二人の美女をいっぺんに喜ばせ、男としての自信が高まればピストンも勢いを増す。

「あはあぁん、裕太さんたらまた激しくぅ。私、小学六年生の男の子にイカされてしまいますぅぅっ」

「梓紗もイキそうなのね。そんなにボクくんのおち×ぽがいいのねっ」

「アンッ、そうなの。裕太さんのおち×ぽでないとダメなのお、もっと突いてえぇっ」

「はあ、とっても綺麗よ、梓紗。なんてかわいいのかしら」

Iカップバストを弾ませながら昇り詰める梓紗は、同性の目にも美しく映った。

親友の感じる様子を間近で見る楓も、情欲の昂りを禁じえない。

「梓紗っ、こっち向いてえ、むふっ、んふうぅっ」

「はむうっ？　楓さんっ」

官能に蕩けた表情に堪らなくなれば、いつしか女同士で唇を重ねていた。

ひしと抱き合いHとIの爆乳を擦りながら、同性のキスに夢中になる。

「あふっ、むちゅううう、梓紗ぁ」

「楓さんっ、はううん。キス、お上手ですわ」

「うふっ、梓紗こそ、おち×ぽでズンズンされて綺麗だわ。やっぱりセックスは女を磨くのね」

「ひゃんっ、そんな恥ずかしいことを言ってはっ。アアンッ、そこは弄《いじ》ってはダメええぇっ」

濃密なキスと共におっぱいを揉みしだかれれば、梓紗は官能に呆けた声を出す。

逸物に貫かれたまま、二人の美女は少年の腹の上で激しく絡み合う。

舌を吸ったり爆乳の擦れる音が耳をくすぐり、肉棒に活力を与えてくれるみたいだ。

「ああ、楓さんと梓紗さん、もしかしてキスしてるの?」

「そうよ、私たちボクくんのおち×ぽで感じてるの。女の子同士でキスしちゃってるのぉ」

「アンッ、アアアンッ、恥ずかしいっ。裕太さん見ないでぇえっ」

見ないで、と言いながらも梓紗は悦楽のレズプレイを止めることはなかった。

むしろ少年に見られることが喜びなのか、雄々しい突き上げにメロメロになる。

「アンンッ、ふあぁんっ、おち×ぽすごいぃいっ。壊れちゃううううっ」

「これがボクくんなのよ、梓紗っ。かわいいのにおち×ぽはとっても凶悪なのぉっ」

「はいっ、私もう裕太さんのおち×ぽ専用にされてしまいますううぅっ」

「アンッ、私もいっしょにぃ。二人でボクくん専用おま×こになりましょっ。ひゃああんっ」

少年の寵愛《ちょうあい》を求める楓と梓紗はひしと抱き合い、歓喜の歌を奏でている。

艶声に耳を刺激され柔膣に絞られた若牡は、今にも臨界を迎えそうだ。

「ううっ、おち×ちんが出ちゃうっ、もうドピュドピュしちゃうよお」

「アンンッ、いいですよ、たくさんドピュドピュしてくださいませ。私の中にいっぱいいいいっ」

「お願いボクくん。梓紗にピュッピュしたら、次はお姉さんにもおち×ぽちょうだあい」

小鳥たちの可憐なさえずりに、柔肉を突く怒張も決壊寸前まで張り詰める。

吐精が近いことを悟れば美女達の求めに応じ、ガンガンと逸物で牝襞を拡げる。

裕太も蜜壺にきつく絞られながら、淫らすぎる光景にひたすら圧倒されていた。

「ああっ、二人共、僕もう我慢できない。今すぐおま×こにピュッピュしちゃうぅぅっ」

「ふああああんっ、裕太さん。私もイキますっ。逞しいおち×ぽでイッてしまいますう」

「アアンッ、いっしょにイキましょボクくん。三人でいっしょにぃ、ひゃああんっ」

女同士の淫らなプレイがこわばりに力を与え、少年は絶頂を目指し天を衝く。

ズギュンズギュンとこれ以上ない激しさでピストンを繰り出し、牝襞を穿《うが》つ。

湧き立つ水音と艶声が頂点に達した直後、ついに肉棒が子宮口すら突き破る。

「ううっ、ダメえっ、もう出ちゃう。梓紗さんっ、楓さあんっ、二人共大好きっ、うわああああっ」

「あああっ、おち×ぽがドクンドクンッってえっ。私もイキますっ、イッくうううううっ」

「ひああんっ、梓紗、ボクくうん。私ももうダメえっ、んはあああんっ」

「ぐうううっ、出ちゃうっ、いっぱい出ちゃうううううううっ」

美女の絶叫が真夜中の密室を薔薇色に変えた瞬間、怒張の先端も喜びを爆発させる。

ずびゅるるるるるっ、と大量の白濁液を聖なる子宮めがけて発射する。

艶めく声が夜空を揺るがし、三人の脳裏には輝く星々が爆発する。

「アアアンッ、出てますう。裕太さんのミルクがいっぱい出てますわあああっ」

「ボクくん、ボクくうん。もっとおま×こいじめてぇ。イヤああああんっ」

「ふぐうっ、おち×ちん吸い取られちゃううっ。梓紗さんのおま×こに全部吸われち

「やううううっ」

ビクンビクンと身体を震わせながら、少年と二人の美女は絶頂の波に攫《さら》われる。

互いの名を呼び合いながら、天国のエクスタシーを昇りつめてゆく。

やがて官能が収まっても、三人は一つに固まりエロティックな体位のままだった。

「んふうう、素敵でしたわ、裕太さん。とっても逞しくてミルクもたっぷり。うふふ」

「はあはあ、よかったわ、ボクくん、やっぱり私たちが見込んだ通りの男の子ね」

「楓お姉さん、梓紗お姉さん、すごくよかったよお、僕、二人のこと大好き」

美女たちに組み敷かれながら、荒い息を吐きつつ感謝を捧げる。

少年を見守る梓紗たちも、穏やかな表情で慈愛の女神の如き笑みを湛えていた。

「私もこんなに感じたの初めてですう。もう身も心も裕太さんの虜ですわ、はああ」

「ふわっ、梓紗お姉さん」

気怠げにぐったりする梓紗は、そのまま大の字で寝そべる裕太の胸へ倒れ込む。

満ち足りた表情で少年に縋《すが》りつけば、ちゅぽんっ、とこわばりが抜けてしまう。

白濁液をトロトロ零す秘割れは、あまりにも猥褻だった。

「あらあら、ボクくんのおち×ぽ、まだギンギンね。あんなにたっぷりドックンしたのに」

梓紗の膣内《なか》にあれだけの精を放ちながら、こわばりはいまだ雄々しく聳え立っていた。

白濁液と梓紗の蜜で濡れ光る逸物に、楓の瞳も妖しく煌めく。

「むふふ、今お姉さんがお掃除してあげる。んふっ、むちゅううう」

「楓さんっ、いきなりチュッチュしたら、おち×ちんがっ」

蠱惑的な笑みでこわばる怒張に顔を寄せれば、愛しげにチュッ、とキスをする。

ビクンと反応する少年にウインクすれば、ペロリとご奉仕フェラを開始する。

「むふう、すごいわあ。昼間だって五回はドピュドピュしたのに、まだ全然元気なのお」

「だってお姉さんたちが綺麗すぎるんだもんっ、おち×ちんがおかしくなっちゃうの」

「嬉しい。そんなこと言われたらもっとお口で愛してあげたくなっちゃう、んふっ、んんう」

悪戯な笑顔でチュパチュパおち×ぽをしゃぶりながら、懸命に舌でチロチロする。

小悪魔な素ぶりを見せながらも、そのご奉仕は少年への愛に満ちていた。

「アンッ、梓紗の蜜がついたおち×ぽをしゃぶるなんて変な感じ。まるでおま×こを舐めてるみたいよ」

「ううっ、楓お姉さん。そんなチュウチュウされたらまたしたくなっちゃうぅっ」

「くすっ、いいのよ元気になって。今度はお姉さんのおま×こにいっぱいちょうだい。むちゅううう」

「ふわああっ、またそんなきつくううっ」

激しい騎乗位から解放されたと思ったら、今度はディープスロートで責められる。

小刻みに首を上下させ、お口でジュボジュボされれば、こわばりはさらに漲っちゃう。

絶頂を迎えたばかりなのに、再び淫靡な雰囲気が立ちこめようとしていた。

「イヤン、裕太さん、私にもおち×ぽくださあい」

「ふわっ、梓紗さんまでっ」

快楽の余韻から覚めた梓紗も、そそり立つ肉茎へ顔を寄せていた。

濃密な淫らの気配を受け頬は上気し、完全に発情した面持ちで逸物に瞳を輝かせる。

「アン、元気いっぱいのおち×ぽ。裕太さんのおち×ぽ大好きです。むふううう」

「あううっ、梓紗さんの舌もおち×ちんにぃっ。二人がかりでなんてぇっ」

「はあ、こんな大きなおち×ちんが私の中に入っていたなんて、信じられません。むちゅううう」

おち×ぽをしゃぶる楓の脇から舌を出し、先っちょから裏スジを偏執的に舐め上げる。

チロチロとくすぐったい感覚に囚われ、少年の背すじもゾクリと戦《おのの》く。

「もう梓紗ったら、また人の邪魔をして。私がご奉仕してたのよ」

「だって私もおち×ぽ欲しいんですもの。裕太さんのおち×ぽでないとダメなの」

「しょうがないわねえ。でも、次におち×ちんをもらうのは私のほうよ？」

「ふふっ、それは裕太さんに決めていただきましょう？　私もたっぷりご奉仕いたします」

「くうっ、楓さんも梓紗さんもきつく吸わないでっ。すぐにピュッピュしちゃうからあっ」

瞳を潤ませた美女たちから受けるダブルフェラなんて、まさに男の夢の体現だ。

幼根をぬめる二枚の舌がいやらしく蠢き、チュパチュパと卑猥な音が耳を突く。

未体験の快感に、出したばかりの先端から我慢の汁が溢れ、射精感もこみ上げる。

「まああ、ボクくんのおち×ちん、もうこんなにドクンドクンしてるわ」

「うふふ、お若いからですわ。私もまた濡れてしまいます」

「お姉さんたち。そんなに僕のおち×ちんに尽くしてくれてるんだ、ああ」

牡と牝が絡み合う激しいセックスのあとは、砂糖菓子みたいに甘く蕩ける遊戯だった。

口々に少年の逞しさを湛える爆乳美女たちは、逸物へ服従の証であるキスを重ねる。

艶やかな吐息が充足すれば、夜のテントは現実と夢の境すら曖昧な楽園へと変わる。

「楓さん、梓紗さん、僕堪らないいっ、またおち×ちんをズンズンしたいよ」

虚《うつ》ろな目で愛を求めれば、二人のお姉さんも妖しげな笑みで頷いてくれる。

「ふふっ、そんなかわいい声を出されたら、お姉さんも堪らないわ」

「裕太さんのお好きなようになさってください。私たちはもうあなたの虜なんですから」

求めに応じた美女たちはチラと目配せすると、名残惜しげにペニスから唇を離す。

少年へ笑顔を向けながらギシリとベッドに両手をつき、麗しい美脚を開く。

たちまち眼前には、牡の心を捕らえてやまない魅惑の花園が広がっていた。

「ふわあ、すごいや、トロトロした花びらがいっぱい」

「さあ、次はお姉さんの膣内《なか》にちょうだい。ボクくんの大っきいのをいっぱいね」

「私にもまたお恵みください。もっと裕太さんのミルクが欲しいの」

愛しい人へM字開脚のポーズを取り、そっと両手を広げ、おいで、と誘う。

満開の花びらが芳醇な香りとなって少年を狂わせ、そそり立つ若牡もさらに漲る。

蠱惑的な笑みで惑わす二人のお姉さんは、女神というより男を堕落させる淫魔だった。

「アンッ、早く来てぇ。ボクくんの逞しいおち×ちんでズンズンしてぇ」

「ヤンッ、私ももう我慢できません。どうかおち×ぽをくださいませぇ」

「ああ、楓お姉さん、梓紗お姉さん。僕もうっ、うわあああっ」

ガチガチに腫れ上がった怒張に命ぜられるままに、裕太は迷わず官能の園へと飛び込む。

美女たちの囁きを聞きながら猛る剛直をめしべへと突き込めば、再び嬌声が巻き上がる。

現世と隔絶した密室には、悦楽の宴がいつまでも途切れることなく続くのだった。

第四章　僕の試練は禁忌の愉悦

厳《いか》めしい門構えの老舗旅館は、かつて宿場町にあった本陣を移設した物だった。

年代物の柱に触れつつ敷居をくぐれば、そこはもう自分の慣れ親しんだ世界ではない。

そろりと襖の開く音が少年の心を粟立たせ、まるで異世界に紛れ込んだ気分になる。

「それでは裕太ちゃん、ゆっくり寛《くつろ》いでいらしてね。なにかあったらすぐに呼んでちょうだい」

「あっ、はい、ありがとうございます、永井《ながい》さん」

床の間に掛け軸やインテリアの置かれた壮麗な書院造りの和室には、明るい声が響く。

愛想のよい作務衣《さむえ》姿の中年女性に案内され、裕太は客間へと通される。

ここは美雪の実家である老舗旅館、主人である澪から呼び出され訪れていたのだ。

「おや、永井さんなんて他人行儀ね。いつもどおり信恵《のぶえ》おばさんでいいんだよ？」

「ええっ？　はい、わかりました信恵さん」

「そうそう、それでいいの。裕太ちゃんは女将さんだけじゃなくて私にとっても知り合いなんだから」

いつもどおりの呼び方をされれば、信恵さんと呼ばれた女性は笑みを浮かべる。

やたらと気安い態度だが、彼女は幼い頃から見知った古株の仲居さんなのだ。

「それじゃお夕飯の時間になったらこちらから連絡するわね、ごゆっくりー」

「はい。案内してくれてありがとう」

やがて仲居さんが退出すれば、広い部屋には少年だけが取り残される。

花頭窓《かとうまど》から覗く山嶺に目を向けながら、上質な畳の香りに溜息《つ》を吐く。

顔が映るぐらいピカピカなテーブルに片肘を突き、改めて自身の変転に戸惑う。

「はあ、いきなりこんなところに呼び出すなんて、澪さんは何を考えているんだろう」

キャンプから数日後、夏休みも残り二日となった少年は意外な誘いを受けていた。

それは美雪の母である澪からの呼び出しであり、すぐにも会いたいとのことだった。

よくはわからないが重大な話があると言われれば、訪ねないわけにはいかなかった。

「うう、でもやっぱりこんな上等なお部屋じゃ緊張するなあ。早く終わらせて帰りたいよ」

しかも訪れてみれば下にも置かぬもてなしを受けたのだから、ただ事ではない。

通された部屋がこの旅館で最上等の客間だったことも、驚きだった。

「澪さんも電話口では詳しい内容は教えてくれなかったしな。お母さんは何か知ってるみたいだったけど」

小学生の子供に大事な話となれば当然親も同伴するはずだが、それはなかった。

ただ両親共に内容を知らされているのか、笑顔で送り出してくれていた。

「僕の未来に関わるお話ってどんな内容だろ。まさか美雪お姉ちゃんのことかな」

豪勢だが静かな居室で物思いに耽れば、もう二度と会えない人の姿が目に浮かぶ。

つい先日つらい別れをしたお姉ちゃんを思うだけで、胸の奥が切なく痛む。

裕太にとって重大な話といえば、美雪のこと以外にありえなかった。

「こんなすごい部屋に通されたってことは、お姉ちゃんに会わせてもらえるのかな？いや、そんなことあるわけないか」

一縷《いちる》の希望を抱くが、同時にありえないとも考える。

美雪お姉ちゃんは結婚が決まり、今頃はその婚約者と結納を交わしているはずなのだ。

「結婚かあ。てことは、美雪お姉ちゃんはその男と、うああ」

年若い裕太に結婚といえば、セックスのことに他ならなかった。

不安が少年の心をかき乱し、目の前にはありもしない妄想が浮かぶ。

見も知らぬ男に手籠《ご》めにされる美雪の肢体が、脳裏にフラッシュバックする。

「はっ、ダメだっ、いけないよっ。僕は何を考えてるんだろうっ」

つい邪念が首をもたげれば、頭をブンブン振って逃れようとする。

いつもとは違う古びた柱の匂いが、まるで少年の感覚を狂わすみたいだった。

「はあはあ、落ち着かないと澪さんのお話を聞くどころじゃなくなっちゃう。わあっ？」

あれこれ思い悩んでいれば、突然部屋に据えられた電話のベルが鳴りびっくりする。

妄想に惑溺し忘れていたが、夕飯の準備ができたら知らせると告げられていた。

「びっくりしたあ。そっか、用意ができたら呼ぶって言ってたよね」

慌てて受話器を取れば、それは受付からの呼び出しだった。

聞き慣れた仲居の信恵さんの声がすれば、塞いでいた気持ちも少しは安堵する。

「はい、裕太です。あっ、信恵さん、ええっ、これからお風呂ですか？」

それは女将である澪からの言づけで、まずは大浴場へ向かってほしいとのことだった。

てっきりお話の詳細かと思いきや、肩透かしを食らった気分になる。

「でもそんなことは……うう、わかりました。言うとおりにします」

今はそれどころではないと思うが、汗を流しなさいと言われれば逆らえなかった。

すでにこの部屋に入ったときから、自分の運命は澪に握られているのだ。

渋々承知しながら受話器を置けば、なんとかなるさと思考を切り替える。

「それにしてもお話しの前にお風呂に入れだなんて、いったいどういうつもりだろう」

澪さんの言うことはよくわからないが、従わないわけにはいかない。

思い悩むのはあとにして、着替えを持って驕奢《きようしや》な客室をあとにする。

欄間に掛けられた魔除けの面が、これからの出来事を暗示するかのように見送っていた。

＊

「あれえ、誰もいないや。そういえばまだ四時前だしね」

がらんとした昼下がりの脱衣場には、不安そうな少年の声だけが響いている。

指示どおりについたはずだが客は少年以外におらず、少々面食らう。

しかし誰もいないせいか、かえってのんびりできそうではあった。

「焦っても仕方ないし、言うとおりお風呂をいただこうかな。こんな時間から入るなんて初めてだけど」

謎の指令に戸惑ったが、綺麗好きの少年にとってお風呂に入るのは嫌いではない。

急いで身支度を調え腰にタオルを巻いたままの格好で、大浴場への扉を開く。

途端、むわっ、と広がる蒸せた空気を、満足げに目いっぱい吸い込む。

「ひゃあ、やっぱり広いなあ。でも昼間に入る露天風呂なんて、なんだか新鮮だよ」

雄大な景観を望める露天風呂は、この老舗旅館の目玉でもあった。

遠くに望む山々は、つい先日のキャンプで見たのと同じものだ。

打ちつける反響音を聞きながら、湧き立つ湯気と絶景に興奮を隠せない。

「うーん、いつ来ても立派なお風呂だなあ。でもやっぱり誰もいない。これじゃまるで貸し切りだよ、あれ？」

ただっ広い空間で、気兼ねなく雄大な風景を独占できる優越感に浸る。

早速湯船に入ろうとするが、靄のかかった岩風呂の向こうに何者かの気配を感じる。

湯気のせいでよく見えないが、向こうも裕太を認識しこちらへ寄ってくる。

「ああ、やっぱり先客がいたんだね。こんちは、って、えええっ？」

はしゃぐのを止め挨拶しようとするが、影の性別が判明すれば声をあげて仰天する。

バスタオルを巻いた曲線的な肢体は、妙齢の女性のそれだった。

「もしかして女の人ですかっ？　ここってたしか男湯でしたよねっ。間違えたのかな、どうしよう」

いちおう入る際に確認はしたが、まさか女湯と勘違いしたとは思わなかった。

真偽はどうあれ、うら若い女性といっしょにお風呂に入るわけにはいかなかい。

「すみません、間違えましたっ。今出ますね、ふわあっ？」

即座にきびすを返し退出しようとするが、腕をギュッ、と摑まれる。

「ふふっ、お逃げにならないで、裕太さん。あなたは間違えていませんわ」

「その声は、まさかあなたは？」

怪訝に思い振り向けば、懐かしい声が耳を撫でつける。

やがて完全に靄が晴れれば、そこには微笑む亜麻色の髪の美女が佇んでいた。

「梓紗さんっ、どうしてここにっ」

「二日ぶりですわね、裕太さん。ずいぶんお会いしてないみたいに感じられて、とても寂しかったですわ」

にこやかに佇んでいたのは、紛れもなくキャンプ場に現れたお嬢様の梓紗だった。豊満な肢体にバスタオルを巻いただけの大胆なスタイルで、少年を歓迎している。

「寂しいのは僕も同じです。でもなんでここに」

「くす、そんな意外なお顔をなさらないで。裕太さんを呼んだのは私たちですのよ」

「ええっ、どういうことですかっ」

言ってることの意味がよくわからず、当惑する。

今日ここに来たのも、そして温泉にいるのも、すべて主人である澪の命令のはずなのだ。

「先日言いましたでしょう、しばらくこの町に逗留いたしますって。それがここの旅館なのですわ」

「そうだったんだ。たしかにまた会えるって言われてたけど、こんな早くとは」

「私も楓さんも嘘は言いませんもの。すべて裕太さんのために行《おこな》っているんです」

楓と梓紗とはつい昨日、所用があるからと言われ名残惜しげに別れたばかりだった。そのときはすぐ再会できると聞いたが、予想よりだいぶ早かった。

ましてや少年が今日ここに来るのは、澪しか知らないはずなのだ。

「僕のため、どういうことです。うわっぷっ？」

「ふふーん、それは私が教えてあげるわ、ボクくん？」

梓紗の謎の言葉に首を傾げるが、突如背後から柔らかすぎる膨らみに抱きしめられる。

ムニユリと包まれるHカップおっぱいの感触は、忘れられるはずもない。

「へっ、えええっ、楓お姉さんまで？」

「いらっしゃいボクくん。四十時間ぐらいご無沙汰かしらぁ。お姉さんも君に会えなくて、ホント寂しかったのよぉ」

梓紗と同じくバスタオルを羽織った肢体を惜しげもなく晒すのは、むろん楓だった。

いつも二人いっしょだから当然と思うが、やはり仲よく並んだ姿に驚かざるをえない。

「心配してたんだから。私たちがいない間にボクくんが浮気するんじゃないか、ってね」

「浮気だなんて。僕はそんな、ああっ、変なとこ触らないでぇ」

ほんの少しでも少年と会えないことがつらかったのか、積極的に身体を触ってくる。しなやかな手のひらに敏感な部分を撫でられれば、つい女の子みたいな声を出してしまう。

「楓さん、そこまでですわよ。裕太さんも混乱していますもの」

「わっ、梓紗さんも、それ以上おっぱいをギュウギュウしないで。むぐぐ」

昼下がりの露天風呂で情事に耽るわけにはいかないのか、さすがに梓紗も窘める。もっとも少年と再会した喜びは同様で、おっぱいを押しつけるのは変わらないが。

「驚かせてごめんなさい、裕太さん。私たち、あなたのお悩みを聞いてずっと心配していましたの」

「僕の悩みって、まさか、美雪お姉ちゃんのことですか？」

すでに楓の口を通して、梓紗も少年の苦悩の原因は知っていた。

お姉ちゃんとの別れを切々と語る姿に、心から同情してくれたのだ。

「ええ、大切な方が家の都合で結婚させられるのでしょう。不幸なことですわ」

HとIの爆乳で責める美女たちだが、瞳には真摯な思いが籠っている。

いつにない真剣な面立ちに、苦しげな裕太も一途なお話に聞き入っていた。

「あのあと楓さんと相談しましたの。裕太さんにつらい思いはさせたくありませんから。どうにかして解決法はないものか、と」

「どうにかって、いくら何でもお姉さんたちにそんなことは」

「うふふ、お姉さんたちに不可能はないのよ。ボクくんのためなら何だってできちゃうんだから」

「ふぇえ、どういうことですか、楓さん？」

いくらこの二人の実家がお金持ちとはいえ、事は美雪の婚約なのだ。

さすがに結婚の阻止など無理と思うが、楓たちは余裕綽《しゃく》々《しゃく》である。

グイグイと魅惑の爆乳で少年を愛でつつ、意味ありげな笑みを浮かべている。

「でも、たしかにこのままじゃボクくんには信用してもらえないわね、梓紗？」

「はい、ではもう一人の方にお出でいただきましょうか、吾妻澪さん」

「澪さんて、わあっ、まさか？」

お姉さんたちがいっせいに視線を向けたその先に、思わず裕太も目を向ける。

露天風呂の奥、靄に隠され見えなかった湯船の中からある人物が現れ絶句する。

美しい黒髪をまとめ上げ、妖艶な泣きぼくろを貞淑な未亡人の衣に包んだ美女だ。

「澪さん、どうしてこんなところに、僕にお話があるからって呼び出したはずじゃ」

「ふふ、それは私たちが澪さんに頼んで、ボクくんを呼んでもらったのよ」

バスタオルに包まれた肢体を惜しげもなく晒す妙齢の女性は、女将の澪だった。

「楓さんの言うとおりですわ。女将の澪さんと私たち、実は以前から懇意にしておりますの」

「こんいって、知り合いってことですよね。ホントなの、澪さん？」

美麗な眉根を深刻そうに顰《ひそ》め、裕太の疑問にコクリと頷く。

明媚な景観の下、湯煙漂う露天風呂で澪といっしょにいるなど理解が追いつかない。

澪のほうも少々気まずそうな顔を浮かべるが、梓紗の言葉は否定しなかった。

「風見さんの言うとおりよ、裕ちゃん。私もこんな事態になるなんて思いもしなかったの」

「澪さん、ホントだったんだ」

あまりの事態に目をグルグルさせれば、梓紗は学校の先生みたいに教えてくれる。

「実は私も意外でしたわ。まさか裕太さんの思い人が父の銀行と取引のある旅館のお嬢さんだったなんて」

「ひええ、お父さんの銀行って、梓紗さんの実家はそんなにすごいんだ」

父親が銀行の経営者だなんて、さらりとすごいことを宣う梓紗に度肝を抜かれる。

状況が飲み込めず唖然とする裕太に、優しく頭を撫でる楓が畳みかける。

「そうそう、それで気になって梓紗のパパに聞いてみてわかったのよね、この旅館の一人娘と代議士の息子との縁談が進んでるみたいだって」

「はい、でもお嬢さんのほうは婚姻に乗り気ではない、ということもうかがいましたけれど」

「そんなっ、美雪はこの婚約に承知してくれました。イヤだなんて一言も言ってませんっ」

嫣然と微笑みつつ解説する梓紗に、澪も四十路とは思えぬ美貌を歪ませ反駁《はんばく》する。

だが反論を受けても、場を取り仕切るIカップ美女にはまるで通じなかった。

「たしかに一度は縁談を受けられたようですわね。でも、やはり裕太さんのことが忘れられないようですの」

「美雪がそんなことを。私はただ、あの子の幸せを考えただけなのに」

「誤解なさらないで、澪さん。美雪さんもお母様のことを誰よりも大切に思っております」

娘の意思を無視したように思われ、さすがに澪もいい気分ではない。

むしろショックを受けたのは、梓紗と楓の間で乳圧に責め苛《さいな》まれる裕太のほうだった。

「思っていますって。もしかして梓紗さん、美雪お姉ちゃんに会ったんですか？」

「ええ、今は都会の大学に戻られてるみたいですけど。お元気そうでしたわ」

「初めてあったけど綺麗な人ね。ボクくんが夢中になるのもわかるわ。でもだいぶ落ち込んでいたけどね」

一昨日、裕太と一度別れたが、まさか美雪に会って事情を聞いていたとは思わなかった。

それほどに自分を心配し気にかけてくれたのだろうか。

「それで風見さん、あなたはいったい何をお望みなんです。こんな格好で呼び出してまで話したいことがそれなのでしょうか？」

得意げな梓紗と楓に押されっぱなしの澪だが、さすがに女将としての威厳はあった。

ぷるんっ、と娘を凌ぐ巨乳を揺らし、毅然と自己の立場を訴える。

「いくらあなたの銀行が我が旅館の融資元でも、さすがに一族の婚姻関係にまで口出しをされるなど僭越《せんえつ》がすぎます」

このまま銀行の権威で押し切れるかと思いきや、一転緊迫した状況になる。

美巨乳に挟まれたままの少年は、固唾を呑んで見守るだけだった。

「何も要求などありませんことよ。ただ私たちは提案したいだけですの」

「提案？」

「そうそう。あーんな議員のドラ息子じゃなくて、お嬢さんの婿候補なら理想の人物がいるじゃない？」

「お婿って。ひゃっ、何をするんですか、楓さんっ」

しかし凄味を利かせられても、二人のお姉さんにとってはそれこそ思う壺だった。

少年の肩をグッ、と摑めば、澪へ見せつけるようにして前へせり出す。

それはまさに裕太こそ、美雪の婿候補と言わんばかりのポーズだった。

「理想の人物って、まさか」

「ご推察のとおりですわ、裕太さんこそ美雪さんの伴侶として相応しい方です」

「うふふ、ボクくんはかわいいし素直だし、それにとっても優秀だもの。きっといい旦那様になるわ」

「梓紗さんっ、楓さんっ。僕がお姉ちゃんの伴侶だなんて、そんなっ」

澪の疑問に笑顔で答える楓と梓紗は、きょとんする少年を期待を込めて推薦する。

今日のこの場に裕太を呼びつけたのは、すべてはこの瞬間のためだったのだ。

「ご冗談はおよしになって、裕ちゃんはまだ小学生なのよっ」

唐突な婿候補の推薦に、裕太も澪も揃って驚く。

二十歳の娘の縁談に、あどけない小学生を推されれば母として怒るのは当然だ。

「あら、冗談なんかじゃなくってよ。ボクくんはお嬢さんの婿としては申し分ないもの」

「ええ、当の美雪さんとも仲がよろしいじゃありませんか」

「それは従弟だからです。まだ子供の裕ちゃんを結婚させようだなんて、それこそ親のエゴですっ」

わざわざ呼び出して、娘と子供を結婚させようなど悪い冗談としか思えない。

だが澪がどれだけ否定しても、梓紗たちには裕太が婿として選ばれる確信があった。

「うふふ、だから澪さんをここにお呼びしたのですわ」

「そうね、ボクくんはもう子供じゃないの。大人顔負けの立派な男の子なんだから」

「ふえっ、ああっ、お姉さんなにをっ」

すすっ、と少年の身体を撫でるように伸ばした手が、腰に巻かれたタオルを外す。

たちまちポロンッ、と零れ出る無垢なおち×ちんに、澪はかわいらしい声をあげる。

「キャッ、裕ちゃんたら、なんてことを」

「恥ずかしいよお。こんなところでなんてえ」

つるんとのっぺりした白い肉の棒は、まるで罪を感じさせない子供のおち×ちんだ。

あまりの恥ずかしさに前を押さえようとするが、それも叶《かな》わない。

「いったい何をなさるんですっ。公衆の面前で破廉恥ですっ」

「あら、そういう澪さんこそ、裕太さんのおち×ちんに目が釘づけですわよ」

「それは、ううっ」

突然の事態に呆気にとられる澪だが、小学生の逸物を見て動揺は隠せない。

剝き出しにされた幼根に注目する澪の姿に、梓紗も楓も満足そうな顔をする。

「さあボクくん、見せてあげましょう。君が立派な男の子の証をね、うふふ」

「はああっ、楓さん、そこダメえっ」

さわさわと、しなやかな指が敏感な先端に触れ、少年は華奢な身体を震わせる。

甘い吐息と過剰なスキンシップが、緊張から縮こまっている逸物に血流を注ぎ込む。

啞然とする澪の前で、いつしかムクムクと膨れ上がり聳え立つ怒張となっていた。

「裕ちゃん、まさか、そんな」

「くうう、おち×ちんがおっきするの止められないよお。見ないで、澪さあんっ」

「信じられないわ。まだ子供なのにあんなに大きく、はあ」

眼前で起こる現象に、未亡人女将は両手で口元を押さえつつ息を呑む。

かわいがっていた甥の急激な変化は、驚愕以外の何物でもなかった。

ショックを受ける澪へ向け、笑顔を崩さないお姉さんたちは色っぽい流し目で答える。

「どうですか、澪さん。まだ十二歳ですのにこんな立派なおち×ちん、素敵でしょう？」

「ああっ、おち×ちんキュッ、てしないでえっ。澪さんが見てるよおっ」

淫蕩な笑みを浮かべる梓紗は、まるでプレゼンをするようにそそり立つ逸物を握る。

「こんなにかわいくて女の子みたいなのに、おち×ぽはとっても立派なの。うっとりしちゃうでしょ」

「うぐうっ、楓さんまでっ」

さらに楓も、まだ毛も生えていない幼根をシコシコと扱きつつ、誇らしげに解説する。

見事な景観が映える露天風呂内で、女主人を前に淫靡なまぐわいが展開される。

「ふふ、ご満足いただけたみたいですね。では次は、裕太さんの逞しいところをお見せしましょうか、楓さん？」

「そうね、ボクくんのおち×ちんも我慢できないみたいだしね」

「はあぁ、梓紗さん、楓さん、どうするの」

沸き立つ熱気が頭の芯まで茹で上がらせ、少年の身体を情欲で満たす。

雄々しく反り返る逸物をチラと見つめる美女たちは、妖しい仕草でバスタオルを下ろす。

ふわりと舞う布帛がタイルに落ちれば、そこには極上の光景が広がっていた。

「わああ、おっぱいがひとつ、ふたつ、よっつもあるよお」

金髪と亜麻色の髪の美女の競演に、もはや少年は言葉を失っていた。

HとIの爆乳に、くびれたウエストから伸びたヒップラインは悩ましすぎる。

天上の楽園もかくやといった女神の降臨に、十二歳の陰茎はさらなる活力を得る。

「ふふ、おち×ぽはもう元気いっぱいですね。これからが本番ですわよ、裕太さん」

「そうそう、君が立派なお婿さん候補であることを見せてあげなくちゃね」

「お婿さん候補って、いったいどうすればいいの？」

不思議そうに二人を見上げるが、愛しげに頰をナデナデされるだけだ。

吸い込まれそうな瞳の色は、どんなことをされてもいいと思えるほどの輝きがある。

「くすっ、ボクくんは何も考えなくていいの。ただ、おち×ちんをピュッピュするだけでいいのよ。んふうう」

「にゅうっ、楓さんっ？　むぐううっ」

戸惑う澪の目の前で、唐突に楓お姉さんに抱きしめられ唇を奪われてしまう。

ぬぷりと舌を差し込まれ口中を犯されれば、少年も堪らず濃厚な口づけで応える。

キスの興奮からか、こわばる逸物もビクンッ、とさらに硬さと太さを増す。

「はあ、ボクくんのキス、上手よお。んちゅううう」

「ふああ、楓さん、こんなところでなんて、誰か来たら見られちゃうよお」

「ふふ、心配はいらないわ。今日はこの露天風呂を貸し切ってるの。そちらの澪さんのご厚意でね」

チラと澪を見ながら、甘い口づけに目をトロンとさせる少年を満足げに抱きしめる。

「裕太さん、次は私にもくださいな。んふうっ」

「はああ、梓紗さんまでそんなあ。あむうぅぅ」

さらに今度は梓紗にも、首を引き寄せられ強引にキスをされる。

かわるがわるに接吻でクチュクチュと舌を擦り合わせられれば、頭にはいっそう靄がかかる。

膝もガクガク震え快美感に堪らなくなれば、地面へへたり込んでしまう。

「あら、少し刺激が強すぎたかしら。でもお楽しみはこれからよ、ボクくん」

「ええ、これぐらいでへこたれていては、立派なお婿さんになれませんことよ」

「ううっ、よくわからないけど、これで本当に美雪お姉ちゃんとまた会えるの？」

呆けた顔つきの少年を元気づけるように、お姉さんたちも跪いて励ましてくれる。

「もちろんですわ、裕太さんがエッチをがんばれば、お婿さんになれます。私が保証いたします」

「ふふっ、これからいーっぱい澪さんに見せつけちゃいましょう、ボクくん」

「うんっ、わかりました。僕いっぱいがんばります」

事態の急転直下に理解が追いつかないが、お姉さんとエッチすれば解決するらしい。

ありえない展開だとは思うが、澪がこの場に同席している以上嘘ではなさそうだ。

「その意気よ、ボクくん。それじゃ再開しましょうか。ほうら、君の大好きなおっぱいよ」

素直な態度ににっこり微笑むと、豊満なバストに手を添え見せつけてくる。

「ふわあ、大っきなおっぱい。楓さんと梓紗さんのおっぱい」

「むふふっ、ボクくんはおっぱいが大好きでしょう。君の自由にしていいんだから」

色っぽく肢体をくねらせつつ、楚々《そそ》とした美巨乳を持ち上げおねだりしてくる。

少年のためと言いながら、実際はただエッチしたいだけかもしれない。

「アンッ、私のおっぱいもちょうど食べ頃ですのよ。どうぞ召し上がれ」

「はああ、お姉さん。そんなに目の前でおっぱい揺らしたら」

まるで品評会みたいに並ぶ四つのおっぱいに、目を離すこともできない。

目の前でフリフリ揺れる白い山脈は、お風呂の蒸気に当てられ輝いていた。

「お願い、早く吸ってぇ。おっぱいが切ないのぉ」

「アアンッ、私にもムニュムニュしてください。もう堪りませんわあ」

あまりに淫らな光景に、少年の頭も卑猥なピンクに埋め尽くされる。

「ああっ、お姉さあんっ、んちゅううぅっ」

「はああんっ、裕太さん、嬉しいぃっ」

暴走した獣欲に支配され、まずは梓紗のおっぱいに吸いつく。

お姉さんも嬉しげに少年の首に腕を回し、抱き合いながらタイルへ崩れ落ちていた。

そのまま淫らに絡み合いつつピンクの乳頭を舌でいじめれば、ピクンと浮かび上がる。

「んちゅううう、梓紗さんのおっぱい、フワフワしてて柔らかい」

「アンッ、チュウチュウッて、いやらしい音を立てないでくださいませえ」

「いやらしいのは梓紗さんのほうだよ。乳首がもうピンピンだよ。むちゅううう」

「イヤン、そんなこと言わないでくださいっ。あふうっ」

唾液をたっぷり乗せたベロで薄桃色の乳暈《にゅううん》をしゃぶれば、つやつやと濡れ光る。

夜のテントではさんざん精を搾られた爆乳を、今度はこちらが搾り立てる。

「アアンッ、裕太さんのチュウチュウ、とってもいいのっ」

「梓紗さん、おっぱい吸われて感じてるんだね。気持ちいいんだ」

「はあん、そうです。裕太さんにしていただいて感じていますの。もっと吸ってぇっ」

偏執的な乳吸いは、幾度ものレッスンにより子供とは思えぬほど巧みだった。

爆乳を愛撫される梓紗もうっとりした顔を浮かべ、されるがままになる。

一方の楓は絡み合う二人の痴態に、かわいらしく頰を膨らませていた。

「もう、ボクくんたら、梓紗ばっかり。お姉さんだってしてほしいのにぃ」

しかし次には悪戯を思いついた子供の表情で、こわばる逸物へそっと顔を寄せる。

「うふふ、それじゃお姉さんは、ボクくんのこっちを愛してあげる」

「ううっ、楓お姉さんっ、そこはっ」

ビクビクと脈打つ剛直を見つめれば、すさまじい熱気で火傷《やけど》しそうだ。

「アンッ、すごいビンビン。この間よりも大きくなってるう、素敵よ、ボクくん」

そそり立つ幼根を扱き立てながら、楓は妖艶な笑みを浮かべる。

はち切れんばかりに膨れ上がった若牡は、生命力に溢れた少年のおち×ちんだ。

「太くて硬くて、まだ小学六年生のおち×ぽなのに。はあ、見てるだけで濡れちゃいそう」

十二歳の肉茎の逞しさに、二十五歳の楓お姉さんは夢中だった。

めしべからははしたない蜜を滴らせ、腰も切なげにモジモジさせている。

一刻も早く、この若さ漲る剛直で貫いてほしかった。

「くす、それじゃあ、お姉さんのお口を召し上がれ。むふっ、んむうう」

「ふああっ、楓お姉さああああんっ」

ぬぷりと、生温かいお口の中に怒張を咥えられ、少年は呻く。

にゅるにゅるといやらしい舌が、こわばる怒張へ触手みたいに絡みつく。

「んふっ、むちゅううう、んんんっ、お姉さんのお口はどうかしら、ボクくん」

「ぐうっ、いいよ。楓さんのおしゃぶり最高だよおっ」

「むふふ、ならもっといっぱいチュウチュウしてあげるね。むちゅうううう」

「ふわああっ、そんなジュボジュボしたら、すぐに出ちゃうぅぅぅっ」

たっぷりと湿ったお口の中は、異世界へ迷い込んだみたいに甘くこわばりを包み込む。

極上の快美感に早くも射精感がこみ上げるが、美雪のためにも耐えなければいけなかった。

「アンッ、裕太さん。私のことも忘れないでください」

「むぐっ、梓紗さんっ」

必死な少年を嘲笑《あざわら》うように、梓紗は顔面をぱふんと柔らかなクッションに埋めてくる。

鼻腔をくすぐるおっぱいの香りは刺激の大洪水で、目がクラクラしそうだ。

思わず止まっていた腕を動かし、自身の頭ほどはある爆乳を揉みしだく。

「裕太さんたら、おっぱいムニュムニュお上手ですわ。きゃあんっ」

「はあはあ、おっぱい、いいよ。おち×ちんジュブジュブも気持ちいい。まるで夢みたいっ」

「アアンッ、そんな強くチュウチュウなさらないで、感じてしまいますうっ」

楓に幼根を弄ばれ、梓紗の美巨乳を弄び、全身を快感の嵐が吹き荒れる。

毛穴の隅々まで悦楽に犯され、こわばりは見たこともないほど膨れ上がる。

「あふうん、ボクくんのおち×ちん、また大きくなってるぅっ」

「ぐうっ、楓さんのお口おま×こみたいっ、ぬるぬるしちゃうぅっ」

「んふうっ、苦しいっ。お姉さんのお口にズンズンしないでえぇっ」

蜜壺の如きぬめりに、ヘコヘコと腰を動かし口腔の快楽を貪ろうとする。

喉奥を突かれ嘔吐《えず》いてしまう楓の声を聞いても、止まることはない。

濃密な三人プレイが興に入れば、梓紗の太股を乱暴に押し拡げる。

「梓紗さん、もっとおま×こ見せてえ」

「キャッ、裕太さんっ。アアンッ、そこはあっ」

調子に乗る裕太の行動は、もはや歯止めが利かなかった。

可憐な花びらを指でそっと拡げ、じっくり観察しようとする。

「ふわあ、梓紗さんのおま×こ、なんべん見てもすごく綺麗」

「イヤあん、裕太さんたら、ホントにエッチなんですからあ」

数えきれないほど貫いたはずなのに、いまだ初々しいおま×こは絶品だった。

モジモジと恥ずかしげに腰を揺らす仕草もまた、牡の情欲を煽り立てる。

「このおま×こに僕のおち×ちんがずっぷり入ってたんだ。今日もまたいっぱい、んんむう」

「はああんっ、お口でなんてぇぇぇっ」

衝撃を受け、全身をくの字に反らせながら、梓紗は甲高い悲鳴をあげていた。

ぶちゅりと敏感な秘割れに熱烈な口づけを受け、しなやかな肢体は床の上で弾ける。

「梓紗さんのおま×こ美味しい。甘い蜜もたっぷり出ちゃう」

「ふああんっ、そんなことおっしゃらないでぇ。でも、お上手ですわあ」

やはり子供にクンニされるのは大人のプライドが許さないのか、イヤイヤと首を振る。

でも桃色の乳首はツンと浮き上がり、頰も上気すれば興奮も明らかだった。

「んむうっ、ボクくうん。お姉さんのお口も忘れちゃイヤよ。むちゅううう」

清らかな美女たちのさえずりが、熱気湧き立つ露天風呂に響き渡る。

明媚な遠景の下、絡み合う三人の男女はあまりにもいやらしすぎた。

二十五歳と二十四歳の美女と愛し合っているのは、まだ十二歳の小学六年生なのだ。

「んふっ、はああ、おま×こ、むちゅううう」

「はああんっ、舌を入れないでぇ。そこは裕太さんのおち×ぽ専用ですのにいっ」

執拗にめしべを舐められれば、快感に梓紗の悲鳴は嬌声へと変わる。

舌を突き入れるほどクチュリとはしたない水音が反響し、周囲を淫靡な色に染める。

「はあ、梓紗さん、んんむううう」

「裕太さんたらあ、それ以上されたら私もうっ。あらっ、楓さん？」

「んっ、んふっ、んむうう、ボクくん、ボクくううん」

性感に耐えかね眉根を顰める梓紗だが、逸物を激しく咥える楓の姿が目に入る。

首を上下させ一心不乱におしゃぶりしながら、かわいらしくお尻を揺らしている。

切なげに太股をスリスリさせ、花びらからはどうしようもないほど蜜を漏らしていた。

「ああ、楓さんのおま×こもいっぱい濡れてます。なんて綺麗なんでしょう。んんっ」

「ええっ？　ひゃんっ、何をするの梓紗っ」

献身的に少年を愛する親友の姿に打たれれば、楚々としたお股に顔を寄せる。

すっ、と太股を割り開き、おま×こを露にされれば楓も怯えた声を出す。

「もう我慢できません。私も楓さんにしてあげたいの。んちゅううう」

「きゃああんっ、そこダメえぇぇぇっ」

大洪水の秘割れに熱烈なキスを受け、浴室中に響く嬌声をあげる。

まさか同性からクンニを受けるとは思わず、艶やかな肢体は官能にむせび泣く。

「はむっ、むうう、これが楓さんのおま×こですのね。女性のここを舐めるなんて初めてです」

「ダメよ梓紗っ。そこはボクくん専用なのっ。はああんっ」

嫌がりつつも親友から受ける口唇奉仕に、二十五歳のうら若い肢体は感じていた。

少年の逸物を頬張りながら、自らもクンニの快楽に溺れてしまう。

「ぬむっ、ふむううう、楓さんっ、むちゅうううっ」

「アアン、イヤああん、女の子におま×こ犯されちゃってるぅ。そこに入っていいのは、ボクくんのおち×ちんだけなのにぃ」

昼下がりの豪奢な露天風呂には、淫らなトライアングルが形成されていた。

楓は裕太の剛直を、裕太は梓紗の蜜園を、そして梓紗は楓の秘割れを愛撫する。

あまりのいやらしい光景に、観察する澪は声も出せず、ただ石のように固まっていた。

「ふああ、梓紗さん、楓さん。僕もう出ちゃう、出ちゃいそう、ごめんなさい」

「いいですわ、裕太さん。たくさんドピュドピュして立派な男の子であることを証明してくださいませっ」

「んんむうっ、出してボクくんっ。おち×ぽミルク、お姉さんにたっぷり飲ませてぇっ」

噎《む》せ返る熱気に刺激され頭の中が煮えたぎり、膨れ上がった怒張も限界に近づく。必死に腰を動かし楓の口腔を蹂躙すれば、あとは絶頂へ向かってひた走るだけだ。

「もうダメッ、イクッ、おち×ちんドピュドピュしちゃうううううっ」

「ふああああんっ、裕太さあん。私もダメですっ、イッてしまいますうううっ」

「んんっ、んむううっ、すごいのっ。おち×ぽググッ、て膨らんでるううっ」

「うぐうっ、楓さんっ、梓紗さあんっ。出ちゃううううっ」

小刻みに律動する腰がお姉さんの喉奥を突いた途端、獣欲の堤防が決壊する。

怒張を楓の口内で爆発させながら、裕太は舌先を梓紗のおま×こへ差し入れる。

直後、三人の身体は同時に弾け、快楽の濁流に呑み込まれるのだった。

「ふああんっ、ボクくんのおち×ぽが爆発してるううっ。もっと出してぇぇぇっ」

「アアン、裕太さんの舌がおま×こ破ってますう、もっとしてくださいませえ」

「ふああっ、おち×ちんが止まらないよおっ。どうにかなっちゃううううっ」

淫靡な三重奏により、ビクンビクンとしなやかな肢体を痙攣させ嬌声が満ちる。

目も眩む快感のなか、もはや自他の境界すら曖昧な悦楽の世界に揺蕩う。

二人の美女に愛されながら十二歳の少年は、天国の絶頂を味わっていた。

「はあはあ、お姉さん、すごく、すごくよかった。腰が抜けちゃいそうだよぉ」

「けふっ、ボクくんもすごかったわ。こんなたくさんミルクを出すなんて、うふふ」

「これで裕太さんも殿方の仲間入りですわ。ご立派でしてよ」

「うん、頭がぼうってしちゃうぐらいに気持ちよかった。お姉さんたち、大好きぃ」

あどけない表情で大好き、と言われ、梓も楓も満ち足りた笑顔を浮かべる。

最愛の少年の絶頂ほど、美女たちの喜びはなかった。

しかし行為のすべてを見せつけた存在を思い出せば、チラと目を移す。

「ああ、なんてことをしてるのあなたたちは……んんっ、でもすごく気持ちよさそう……」

視線の先には地面にへたり込み、頬を赤く染めた麗しい未亡人がいた。

眼前で展開される淫らな行為に二の句も継げず、激しい営みに息を呑んでいる。

しどけなく口を開き豊満な肢体をブルブルとさせ、明らかに興奮していた。

「うふふっ、ご覧になっていただけたようですね。私たちの営みはいかがでしたか、澪さん」

「あら、それどころじゃないみたいよ、梓紗。すごく感じちゃってるみたい」

楓の言うとおり、女の子座りした澪は瞳をうっとりさせ、切なげな声を漏らす。

恥じらいながら細い指で秘裂をクチュクチュと弄る美叔母は、あまりにも卑猥だった。

「ああ、澪さんが。もしかして僕たちのエッチで感じちゃったの？」

「イヤン、見ないで裕ちゃん。叔母さんのこんなはしたない姿を見ちゃダメえぇ」

常に毅然とした態度を崩さない澪の乱れた姿に、少年は衝撃を受ける。

美雪に瓜二つの清楚な面立ちが悦楽に悶えるさまは、夏祭りの夜を思い出させた。

「くすっ、そのわりにはずいぶん感じてらっしゃいますねえ。大洪水ですわ」

「恥ずかしがらなくてもいいのよ、澪さん。ボクくんみたいな素敵な男の子には、女は皆そうなっちゃうの」

滑らかな肌を赤く染める澪を見て、梓紗も楓もご満悦だ。

絶頂の直後で気怠げな身体を起こし、物欲しげにうずくまる美熟女の側へ歩み寄る。

ただ自分たちの痴態を見せるだけでなく、悦楽の宴に引き込むことを画策していたのだ。

「では澪さんもごいっしょに、いかがでしょうか。裕太さんの素晴らしさをご自身でも味わってみませんか」

「ええっ、何をするのあなたたちは。キャッ、やめてっ」

「恥ずかしがることないのよ。皆でボクくんを愛してあげましょう？」

「だから私はそんなつもりはっ。アンッ、脱がさないでえっ」

邪《よこしま》な笑みを浮かべる美女二人に囲まれれば、そっとバスタオルに手を掛けられる。

たちまちたゆんっ、と目を見張るほどの美巨乳が露にされてしまう。

「わっ、これが澪さんのおっぱいなんだ」

「アンッ、裕ちゃん、見ちゃいやあっ」

少年の眼前に熟れた女体が晒されれば、慌てて隠そうとする。

だが無情にも、その腕はすぐ梓紗たちによって押さえられる。

「隠す必要はありませんでしょう。こんな綺麗なおっぱいですのに」

「そんな、裕ちゃんの前で裸を晒すなんてっ」

「うふふ、でも裕太さんはとても喜んでらっしゃいます。おち×ちんをご覧になって」

「えっ？ 裕ちゃんのおち×ちん、さっきよりもビクンビクンしてるぅ」

指摘どおり食い入るように見つめる裕太の股間は、ギンギンにそそり立っている。

あれだけ大量の精を出したというのに、萎え知らずの剛直は精力に満ち溢れている。

「裕太さんも、澪さんの美しい身体を見たいと思っていますの。遠慮なさらないで」

「ううっ、恥ずかしいけど裕ちゃんが喜んでくれるなら、叔母さんのおっぱい見せてあげる」

「はああ、澪さんのおっぱい大きすぎるよ。美雪お姉ちゃんだけじゃなくて、梓紗さんや楓さんよりもすごいかも」

「そうねえ、たしかに私たちよりも大きいわ。いったい何センチあるのかしら？」

「百十センチ、あるの。アアン、恥ずかしい」

恥ずかしそうに目を伏せながら告白すれば、周囲は驚愕にどよめく。

「ひゃくじゅうっ。ふだんは和服だから澪さんがそんなに大きいなんて思わなかったよ」

「まあまあ、私、初めて負けてしまいましたわ。世の中って広いのですねえ」

「なによ、大きさだけじゃないのよ。大事なのは形と張りなんだから」

感心する梓紗と違い、楓は口をとがらせ妬心を露にする。

この事態を仕組んだとはいえ、規格外の爆乳に夢中な少年を見れば焼き餅も仕方ない。

「さあ、それでは裕太さん、男らしく澪さんにもして差し上げましょうね」

「ええっ。それって、まさか澪さんにも？」

「もちろんよ。ここで女を押し倒せないようじゃ、男が廃《すた》るわよ？」

過激な言葉で裕太をけしかけるが、当の澪もまた、少年に組み伏せられることを望んでいた。

少年の首をぐいと引き寄せ、熱っぽい瞳で真摯におねだりしてくる。

「裕ちゃん、来て。今日だけは私を美雪と思って甘えてほしいの」

「澪さん、いいんだね」

「いいの。でもこれが終わったら、また元の叔母と甥の関係に戻りましょうね」

ゾクリとする笑みで、耳元に息を吹きかけてくる未亡人を見れば堪らなかった。

大好きな美雪お姉ちゃんの母親と交わるなんて、これ以上ない背徳だ。

でも逸物は力強く漲り、早くこの美女を犯してしまえと唆す。

「ああっ、それじゃあ行くよ、澪さん。んんむううう」

「アンンッ、裕ちゃんっ、あふうぅぅぅっ」

もはや性欲の権化となった少年は、タブーなど無視して叔母の唇を奪う。

熱烈な口づけで愛を伝えれば、まるで美雪と交わっている気がした。

「んふっ、澪さんっ、むちゅううぅっ」

「アアンッ、裕ちゃんのキス、とっても上手ぅ、もっとしてぇ」

「はむっ、澪さん大好きっ」

ぬろぬろと舌を擦り合わせ、美雪とはまた違った粘膜の感触に酔いしれる。

まとめていた黒髪がほどけ床に散らばれば、蒸気を反射してキラキラと光る。

「まあ、裕太さんたら、あんなに熱烈なキスをなさって」

「うーん、思惑どおりなのになぜか妬けちゃうのよねぇ、羨ましいわぁ」

睦《むつ》み合う裕太と澪を見守る梓紗たちも、激しい口吸いに当てられ身体の芯が熱くなる。

物欲しげにお尻を揺らし参加したい欲求に耐えながら、じっと観察していた。

「裕ちゃん、見て、叔母さんのおま×こ」

「うわあ、澪さんすごいや。おま×こ、いっぱい濡れてるう」

子供にのしかかられ、四十路の美女は腕の下で切ないおねだりをする。

自ら太股に手を添え、ぐっとお股を開けば、はしたなくも見せつけてしまう。

とうにぐっしょり濡れたおま×こは、年齢を感じさせぬ楚々とした風情だった。

「お願い、もう入れて。早く逞しいおち×ちんをちょうだい」

「ふえっ、いいの、澪さん」

「もちろんよ。ほら、裕ちゃんのおち×ちんが入るところよ。もっと見てえっ」

言葉どおり蜜潤う女唇は、入れてほしげにヒクついている。

まるで色素沈着をしていない綺麗なピンクの色艶は、娘と変わらぬ初々しさだ。

「私、男の人は主人しか知らないの。だからここに入るのは裕ちゃんが二番目なのよ」

「澪さん。そんな大事ものを僕にくれるんだ」

「ええ、もう男の人にときめくこともないと思っていたけど、裕ちゃんになら抱かれてもいいの」

孤閨《こけい》を守ってきた未亡人の貞潔をもらえるなど、男冥利《みょうり》に尽きる。

でも、幼い頃から母親みたいに慕ってきた美女を犯すなど、罪悪感もあった。

トロトロに溶けたおま×こを前にしながら、漲る怒張とは裏腹に逡巡する。

「ほうら、迷っちゃダメよボクくん。ここは男らしくズンッ、ておち×ちんで突いてあげなさい」

「楓さんの言うとおりです。ここまで女にさせておいて怖じ気づくなんて、裕太さんらしくありませんわ」

「楓さん、梓紗さん、でも」

両脇からは淫らな小悪魔と化した梓紗たちが、少年を唆してくる。

耳朶を嚙むように甘く息を吹きかけ、早く挿入してあげなさいと勧められる。

「アアンッ、早く来てえっ。ガチガチおち×ぽ、早く叔母さんに入れてえっ」

「ああぁっ、澪さんっ、入れるからねっ。今すぐおち×ぽ入れるよっ」

あられもない声をあげ、愛する甥の肉棒を求める未亡人の姿は罪深いほどに美しい。

獣欲がたぎれば、限界まで膨張した若勃起を握りしめ、ぶちゅりと秘粘膜に押し当てる。

「はああんっ、裕ちゃんのおち×ぽ、熱いわあっ」

「行くよ澪さんっ。ふわあっ、あぐうううっ」

「アンッ、でも最初はゆっくりして。キャアアッ、ズブズブッて逞しいのが来ちゃううううっ」

ドクンドクンと熱く脈打つ剛直が、熟れた未亡人の女壺を押し拡げる。

逞しく腰を突き出せば、雄々しく漲る若牡は一息で貫いてしまう。

「はあんっ、太いぃぃっ、なんて固いのおぉぉぉっ」

「ふぐうっ、入ってくっ、おち×ぽがおま×こに入ってくううぅっ」

十二歳の漲る欲棒が、楚々とした寡婦の女唇をズップリと貫き通す。

少年の溢れる若さは、威厳と美しさを備えた女将さえ一人のおんなへと変えていた。

「これが澪さんのおま×こなんだっ。うねうねしてて、おち×ぽ吸い取られちゃいそうだよっ」

「んふっ、裕ちゃんのおち×ぽも素敵よお。なんて逞しいのかしら」

「澪さん、好きだよ。美雪お姉ちゃんと同じぐらいに大好きぃっ」

「アアンッ、ダメよ、裕ちゃん。愛していいのは美雪のほうでしょう、んむうぅっ」

結合の喜びから愛を告白する少年を窘めるが、途端に唇を奪われる。

「むちゅうう、澪さん、好きいぃ、ちううう」

「あむうっ、アンッ、本当は私も好きぃ。今だけは美雪よりも愛してえっ、んふうぅっ」

女陰を満たすこわばりの存在感が、娘の恋人と交わる背徳感を打ち消してくれる。チュウチュウと甘く切ないキスの感触に、美人女将の理性も緩やかに溶かされる。

「ふふふ、よくできたわねボクくん、さすがだわ」

「いかがですか澪さん。裕太さんのおち×ぽのお味は。うふふ」

傍らで見守っていた楓と梓紗も、一つになった少年と澪を祝福してくれる。

「アンッ、すごいです。まだ小学六年生なのに、こんなに逞しいなんて信じられないっ」

「そうでしょう、裕太さんは心も身体も立派な男の子ですもの。美雪さんの伴侶に相応しいですわ」

「ボクくん、澪さんのおま×こいっぱいズンズンしていいのよ。お婿さんとしての権威を見せつけてあげなさい」

「はいっ、それじゃあ行くよ澪さんっ。うぐうぅっ」

「んはああんっ、裕ちゃんそれ速いぃぃっ。いきなり強くしないでぇぇっ」

淫らな小悪魔たちに唆され、満を持して獣欲のピストンが開始される。

突如として巻き起こる快楽の奔流に、四十とは思えぬ艶めいた美女も戸惑う。

「あううっ、澪さんのおま×こ、何これっ。おち×ちんが搾り取られるうっ」

「裕ちゃんのおち×ぽが太すぎるからよおっ。叔母さんどうにかなっちゃううぅっ」

襞のうねりはきつく、とても二十歳の娘がいるとは思えぬ締めつけだ。

でも中はトロトロで柔らかく、若さでは出せぬ成熟した牝特有の極上の蜜壺だった。

「はあっ、おま×このウネウネが絡みついてくる。これじゃあすぐに出ちゃうよっ」

「アアンッ、ひゃあああんっ、もっとズンズンしてえっ、裕ちゃああん」

すべての禁忌を取り払い、きつくつながる少年と美熟女の痴態は美しすぎた。

先ほどのプレイの余韻が燻るのか、楓と梓紗は目をトロンとさせ指をしゃぶっている。

「ボクくんたら、あんなに激しく腰を振って。澪さんが羨ましいわあ」

「なんだかまた濡れちゃいそう。アン、裕太さん、次は私にもくださいませ」

「ふあっ、梓紗さん、楓さん、くすぐったいよ。コショコショしないでっ」

はじめからの予定の如く、正常位で蜜園を突く少年の全身へキスの雨を降らせる。耳たぶから乳首まで、小学生の身体をペロペロしながらいやらしい笑みを浮かべる。

「んふっ、裕太さんたら本当にかわいい。このままずっとご奉仕したくなっちゃいます。んちゅうう」

「むふふ、いっぱい感じられるようにお姉さんがお手伝いしてあげる。んちゅうう」

「ああ、そんなにチュウチュウされたら、おち×ちんがもうっ」

逞しく叔母の女壺を突きながら、両脇から美女たちの愛撫で責められては堪らない。桃源郷の如き快美感に、あっという間に射精感がこみ上げ臨界まで漲ってしまう。

「うふふ、大好きな叔母さんの中にたっぷり出してあげなさい。立派なお婿さんであること証明しなくちゃ」

「そうですわ、裕太さん。がんばってくださいませ。私たちもあなたを応援していますの」

「ううっ、うんっ、僕がんばります。いっぱい澪さんを喜ばせてみせますっ」

男として権威を見せつけねば、美雪の伴侶になれないと叱咤され、少年も必死で耐える。

カクカクと腰を振り、侘しかった未亡人の牝膣を薔薇色に染め上げる。

「アンッ、あはあんっ、裕ちゃんのおち×ぽがグリグリしてるぅっ」

「澪さんのおま×こもいいよっ。美雪お姉ちゃんよりも気持ちいいっ」

「んんんっ、もっと言ってえっ。叔母さんのほうがいいって言ってえぇっ」

美雪との結婚を許可するはずが、いつしか澪自身も少年の逞しさの前に屈服していた。

百十センチの超爆乳を揺らし、懸命な突き上げを受ければ堪らない艶声をあげる。

「ご立派ですわ、裕太さん。さあ、澪さんを絶頂へと導いてあげてくださいね」

「澪さんったらいっぱい感じちゃって、それでこそボクくんよ。お姉さんもまた欲しくなってきちゃった」

二人の美女に見られるセックスに興奮すれば、きつく絞られる怒張はもう限界だった。

もはや射精は間近と決意し、ガンガンと腰を突きだし最後の瞬間を目指してひた走る。

「出ちゃう、澪さんの中にドピュドピュしちゃうぅぅ」

「叔母さんもイクわ。裕ちゃんのおち×ぽでいっぱいぃぃっ」

「うわあっ、澪さん、澪さあぁあんっ」

「んはあぁあん、裕ちゃん、裕ちゃぁあぁあぁんっ」

「くうっ、おち×ちんがもう我慢できないっ、出ちゃうぅうぅぅっ」

ズンッ、と逸物の先端が最奥を破れば、ついに至福の瞬間が訪れる。

いまだ日の高い昼下がり、少年と美人女将の絶叫が露天風呂にこだまする。

「叔母さんもイッちゃうっ。裕ちゃんのおち×ぽ、素敵なのおぉぉぉっ」

「僕もおち×ちんピュッピュが止められないよぉ、大好き澪さあぁん」

びゅるんびゅるんと二度目と思えぬ特濃精子が、洪水となって子宮へ襲いかかる。

美雪と生き写しの母を絶頂に導いたことは、少年の征服欲を極限まで満たす。

腰をビクビクさせながら、迸る牡の精を最後の一滴まで注ぎ込もうとする。

「裕太さん、素敵でしたよ。澪さんもとても感じていらして、よくできましたね」

「ホント、かわいいだけじゃなくエッチもすごいなんて。ボクくんはすごいわぁ」

すべての精を吐き出し力尽きれば、たわわな母性の象徴にムニュリと倒れ込んでいた。

「ありがとう、梓紗さん、楓さん。お姉さんたちのおかげです」

ぐったりと澪の上に重なりつつ称賛を受ければ、穏やかな笑みを浮かべる。

口々に褒めそやす楓たちは、労るように少年の身体を撫で回してくれる。

「ああ、お姉さん、そんなにナデナデされたら、また」

「アアンッ、裕ちゃんのおち×ちん、また大きくなってるう」

甘い囁きと過剰なお触りが、萎えかけていた逸物に再び活力を与える。

ムクムクと兆《きざ》す若牡は、未亡人のおま×この中を力強く拡げていた。

「くす、裕太さんはまだまだお元気ですねえ。澪さんも覚悟をなさってくださいね」

「それはダメよ、梓紗。澪さんが終わったら、次は私たちがしてほしいのにぃ」

尽きることのない少年の逞しさに、澪だけでなく楓たちもご満悦だ。

幼根に絶頂を極めさせられた澪も、呆けた顔つきで大人になった裕太に魅入られる。

「ええ、いつの間にかこんな立派な男の子になって、これなら美雪のお相手として申し分ないわ」

「澪さん、本当？　またお姉ちゃんと会えるの？」

「もちろんよ。でも今は叔母さんを愛して、アンッ」

いつの間にか娘よりも惹かれた澪は、少年の頭をかき抱きおねだりする。

緩やかにこわばりを包む未亡人のおま×こは、慈愛溢れる女将の笑顔そのものだ。

「ありがとう、澪さん。僕もこの気持ちいいおま×こ大好き。じゃあ行くよっ」

「きゃんっ、アアアンッ、また早くうっ、裕ちゃんのけだものおっ」

お許しを頂ければ、再びの抽挿で牝襞を撹拌する。

「はああっ、澪さん好きっ。楓さんも梓紗さんも皆大好きだよっ」

「嬉しい、もっと突いてえっ。裕ちゃんのおち×ぽ、奥までちょうだいいいっ」

十二歳とは思えぬ腰遣いに、四十路の美人女将はもはや完全に虜になっていた。

傍らの楓たちも火照った身体を疼かせながら、愛し合う二人を物欲しげに見守っている。

日の陰りはじめた露天風呂で、美女たちの嬌声はいつまでも途切れることはなかった。

第五章　お姉ちゃんの処女を再び奪う

遥か頭上に煌めく星空は、まるで宝石をちりばめたみたいに燦然と輝いていた。

夏休み最後の日を過ごす子供たちを励ますように、ひときわ優しく照らしている。

その天空の頂へと続く細い上り道を、息を切らしつつ駆け上がる影があった。

「はあはあ、この先で待っているんだ、あの人がっ」

草原の小高い丘を登った先には、この街でもっとも空に近い展望台がある。

弱々しい外灯の下、白亜の眺望を一心に目指す人物は裕太だった。

高く昇った満月が、希望に溢れた少年の姿を長い影として映し出す。

「ふはあ、やっとついたあ。ここにお姉ちゃんがいるんだよね？」

ようやく頂上に到着すれば、脇目も振らず走ったせいか膝も震え息も絶え絶えだ。

それでも苦しげに顔を歪めながら、キョロキョロと必死に待ち人の姿を探す。

「澪さんが約束してくれたんだ。今日この場所で美雪お姉ちゃんと会えるはずだって」

露天風呂での一件以来、裕太は一転して、澪から婿候補に認められていた。

そして当人の意思を確認する建前から、美雪と二人きりで会うことを許されたのだ。

その場所こそ、昔から恋人たちが逢瀬に使う丘の上の展望台だった。

「お姉ちゃーんっ。うーん、おかしいな、そんな広い場所じゃないのにどこにいるんだろう」

薄暗い照明のなか、声を掛けつつ探し回るが返事はなかった。

少年の言うとおりさほど広くもない見晴台だが、美雪の姿は見えない。

どころか周囲に人の気配はなく、夜の九時を回ったせいか暗く閑散とした雰囲気だ。

「そうか、待ち合わせは上のほうかもしれない。あそこなら二人きりになれるし」

白いタイルで覆われた明媚な展望台は、頂上にすべてを一望できるテラスがある。

一瞬弱気になりかけたが、すぐに気を取り直し上階へと向かう。

夏の終わりを告げる生温かい風が、少年の心を見透かすように頬を撫でつける。

「ふう、ここならどうかな、あっ？」

恐るおそる足を踏み入れた頂上のテラスには、夜空を見上げる人影があった。

白いブラウスにフレアスカートの清楚な装いのお嬢様が、一人佇んでいる。

淑やかな美女はこちらには気づいていないふうだが、その後ろ姿は忘れるはずもない。

「美雪お姉……ちゃん？」

裕太の声に、ピクリと麗しい背中が反応する。

ふわりと美しい黒髪を揺らし、優雅な仕草でこちらを振り向く。

長い睫毛が印象的な大和撫子は、見まごうはずもなく美雪お姉ちゃんだった。

「裕くん、来てくれたのね」

「うん、お姉ちゃん」

再び出会えた感動から、裕太も美雪も瞳を潤ませたまま一歩も動けず固まっている。

やがて喜びが驚きを上回れば、高鳴る鼓動を抑えつつ少年は駆け出していた。

「ああっ、お姉ちゃああんっ」

「キャッ、裕くうんっ」

焦がれる思いを絶叫に変え、裕太はお姉ちゃんの胸へと飛び込む。

美雪もまた、空白の時を埋めるかのように愛する少年をひしと抱き留める。

芳しい薫香と柔らかな感触は、初めて結ばれた夏祭りの夜とまるで変わらなかった。

「お姉ちゃん、お姉ちゃんっ。会いたかった、すごく会いたかったよっ」

「お姉ちゃんもよ。もう二度と裕くんと会えないと思っていたの」

お互いの温もりを感じながら、いつしか少年と美女は泣きじゃくっていた。

愛しげに抱擁してくれるお姉ちゃんは、涙で歪んだ輪郭さえも美しい。

「夢みたいだよ。こんなふうにまたお姉ちゃんといっしょになれるなんて、ううっ」

「ぐすん、悲しませてごめんね。私も離れてつらかったわ」

「ああ、お姉ちゃん、もうどこにも行かないでね」

「ええ、約束するわ。これからはずっといっしょよ」

「うわあああん、お姉ちゃああああん」

「裕くん、裕くうん。お姉ちゃんも泣いちゃう、ううう っ」

思いの丈をぶつける二人はひとつに重なり、穏やかな時の流れに身を任せる。

目映く光る月明かりが、ようやく結ばれた十二歳と二十歳をいつまでも寿《ことほ》いでいた。

「それじゃあ結婚の話は、すべてなくなったわけじゃないんだ?」

「そうなの。お母様が先方に必死に頭を下げて日延べにはしてもらったんだけど」

やがて泣き疲れれば、互いを労る二人は備えつけのベンチへ腰を下ろす。

昂る気持ちもいくらか落ち着き、仲よく寄り添っている。

会えなかった空白の期間を埋めるため、会話に花を咲かせていた。

「最初は納得してくれなかったけど、ある銀行家の方が裏で手を回してくれてね、それで戻って来れたの」

「銀行家って、それってまさか」

「裕くんも知っているかしら、風見さんて方よ。その家の娘さんにとてもよくしていただいたの」

「やっぱりそうだったんだ。その人たち、僕もすごくお世話になった人なんだ」

やはり梓紗が裏で手を回してくれたと知り、内心で驚く。

ただ者ではない印象だったが、まさか美雪の婚約まで干渉できるとは思わなかった。

そんなすごい人と縁を結んだ自身が、いまだに信じられないが。

「裕くんも知ってたのね。優しくてお綺麗で、なぜか私たちのことにとても詳しかったの」

「そうでしょ、僕とお姉ちゃんのことをすごく気にかけてくれたんだ。でもまさかこんなことになるとは思わなかったけど」

いろいろありすぎたせいか、一から説明するのは少々難しかった。

ましてお姉ちゃんがいない間、その身体で慰めてくれていたとは言いづらい。

上手く伝えられず口籠《ごも》る少年を見て、勘の鋭い美雪は何か察したようだ。

「ふふ、私の知らない間にいろいろあったみたいね。裕くんはあの方たちとどういう関係なのかしら？」

「ふえっ、いえっ、それはあ、そのお」

少年に疑惑の目を向けるが、次の瞬間には穏やかに微笑む。

緊張している手をそっと握り、まるですべてを了承しているみたいに頷く。

「あっ、お姉ちゃん？」

「でもよかった、また会えて。梓紗さんや楓さんたちには感謝のしようもないわ」

「僕も同じ気持ちだよ。ずっと会いたかったよ」

初めて結ばれた境内裏と同じように肩を寄せ合いながら、澄み渡る夜空を見上げる。

「綺麗なお星様、夏祭りの夜と同じね。あのときもこんな素敵な夜空だったわ」

「そうだね。でもあれからまだ一週間ぐらいしか経ってないんだよね」

「くすっ、なんだかずいぶん昔のことみたいに感じられちゃう。あっ？」

そっと星空を見上げる横顔は、幼い頃からの憧れを思い出させてくれる。

吸い込まれる美貌に堪らなくなれば、お姉ちゃんの肩に手をかける。

少年の意外な逞しさに、美雪も戸惑いつつ感動していた。

「美雪お姉ちゃん、ちょっと会わないだけなのに、またいちだんと綺麗になったよ」

「もう、裕くんたらまだ小学六年生なのに、お口が上手ねえ」

「お世辞じゃないよ。お姉ちゃんは星空よりもずっと綺麗だもの」

「アン、嬉しい。嬉しいはずなのに、なんだかまた涙が出ちゃいそう」

賛辞に頬を赤らめ、漆黒の睫毛をしばたかせるお姉ちゃんは美しい。

努めて真摯な表情を作り、これまで言えなかった思いのすべてを告白する。

「僕、離ればなれになって改めて気づいたよ。お姉ちゃんのことが世界中の誰よりも好きだってことを」

「裕くん……」

「もう離れたくない。いつまでもいっしょにいてほしいんだ」

「お姉ちゃんも同じ気持ちよ。一生離さないでね」

そっと手を握り、澄んだ眼差しを重ねたまま、十二歳と二十歳は見つめ合う。

星々の加護を受け、二人の間を引き裂くものはもう何もなかった。

「ああ、お姉ちゃん。永遠に愛してる」

「お姉ちゃんも愛してるわ、アンンッ」

二度目の告白は胸の奥底に響き、若い二人の真心を揺さぶる。

汚れのない瞳に吸い込まれ、どちらともなく唇は重なっていた。

「んむうう、お姉ちゃん、大好きぃぃ」

「お姉ちゃんも好きよ。裕くうん、あむうう」

静寂が支配する絶景のテラスで、少年は憧れの女子大生と口づけを交わす。

艶やかな黒髪と芳しい香りが胸をくすぐり、若い肉体はもう我慢できそうになかった。

「んんっ、裕くん、アンンッ」

「お姉ちゃん、いいかな？　また夏祭りのときみたいにしよ？」

「キャンッ、待って裕くん。そこダメえっ」

魂を共鳴させるキスが佳境に入り、少年の手のひらはごく自然に豊満な乳房へ伸びていく。

きつく抱き合いキス以上の行為を求めれば、大和撫子な美雪もさすがに戸惑う。

困った顔を浮かべるお姉ちゃんに、大胆な手付きも止まっていた。

「お姉ちゃん、イヤかな？」

「うふふ、イヤじゃないわ、ちょっと驚いただけ。お姉ちゃんも本当は期待していたの」

子犬みたいに人懐っこい表情の裕太を見れば、お姉ちゃんも安堵する。

美雪もこうなることを望んでいたからか、少年を抱き寄せ耳元で妖しく囁く。

「来て。またお姉ちゃんを愛して」

「ああ、美雪お姉ちゃん、むちゅううう」

「アンンッ、はむううう、裕くうん」

キスしながら触れる柔らかな膨らみは、誰のおっぱいよりも安堵させてくれる。

淫靡なお誘いを受け、ブラウスの上から九十五センチのGカップを揉みしだく。

「はあはあ、おっぱい、柔らかくて温かいよお」

「んふうっ、裕くんたら、いきなりおっぱいだなんて大胆すぎるわ」

「だってお姉ちゃんのおっぱい、何度触っても大きいんだもん」

「アアンッ、ダメえっ、せっかくお姉ちゃんがリードしてしてあげたかったのにぃ」

八歳も年上の美雪としては、子供の裕太を導いてあげたいと考えるのも無理はない。

だが今や一方的に愛撫されるだけで、完全に立場は逆転していた。

「んんっ、裕くんたらぁ、いつの間にエッチが上手になったのぉっ」

「お姉ちゃんに気持ちよくなってほしいからだよ。いっぱい満足させてあげる」

「きゃっ、裕くんに感じさせられるなんて、アンッ、脱がしちゃイヤあ」

ブラウスのボタンを外し、レースのブラに彩られた白い双丘を露にする。

少々乱暴にブラを上げれば夏祭りの夜、鮮烈に目に刻み込まれた美巨乳が飛び出る。朧気《おぼろげ》な月明かりを浴び、ぷるんと揺れるおっぱいは感動的なほどの麗しさだ。

「やっぱりお姉ちゃんのおっぱい、こないだよりも大きくなってそう」

「んんっ、そうよ。裕くんにいっぱいチュッチュされたから、おっぱいが疼いて切ないの」

青白く光る双丘をまじまじと観察されれば、困った表情で俯いてしまう。

しかし少年を愛する美雪は、乙女の秘密を暴かれても隠そうとはしない。

「じゃあ、また僕が大きくしてあげるね、んちゅううう」

「アアンッ、いきなり吸っちゃうなんてえぇえっ」

眼前でふるふると揺らめくおっぱいは、我を忘れるほどの艶やかさだ。

ぷっくり浮かび上がる若々しい桃色乳首に夢中でしゃぶりつく。

突然の強い刺激を受け細く華奢な身体は、ベンチの上へと倒れ落ちていた。

「んむ、むちゅううう、おっぱい、一週間ぶりのお姉ちゃんのおっぱい」

「はああんっ、そんなに吸ったらお姉ちゃんも、どうにかなっちゃううぅっ」

しどけなく横たわる美女は、息を呑むほど凄絶だ。

敏感な乳頭にチロチロ舌を這わせ責め上げれば、艶めいた嬌声で応えてくれる。

眉根を顰め官能に悶える肢体は、失われた時間を埋めるように輝いていた。

「んふうっ。お姉ちゃん、すごく綺麗だよ」

「恥ずかしい。でも、裕くんに褒めてもらえて嬉しいの。もっとチュウチュウしてえっ」

「うん、いっぱいチュッチュしてあげるね、お姉ちゃんにいっぱい感じてほしいよ」

「はああんっ、裕くんたら上手すぎるのぉ」

まさか十二歳の小学生にここまで感じさせられるとは思わなかったのだろう。

数日前は自身がリードして初体験を導いたはずなのに、一方的に襲われてしまう。

でも愛する少年から受ける口舌奉仕は、天国の悦楽だった。

「はあ、お姉ちゃんのここはどうかな、もっとよく見せて」

「アンッ、こらっ、裕くんたらぁ、調子に乗りすぎよぉ」

ねっとりとGカップバストを弄んでいた腕が、ついにスカートの中へ忍び込む。

切ない官能に悶えていた美雪も、太股をまさぐられ悲鳴をあげていた。

「ふわあ、お姉ちゃんの身体はどこも全部いい匂いがするね」

「きゃんっ、どうしてスカートの脱がし方まで知ってるのっ、裕くんたらぁ」

するするとスカートも脱がされ、純白のショーツだけのスタイルにされてしまう。つい先日まで童貞だったとは思えぬ技巧ぶりに美雪も戸惑う。

これも楓や梓紗と身体を重ねてきたからだが、さすがにそれは言えなかった。

「お姉ちゃんのショーツ、もう濡れてる。やっぱり感じやすいんだ」

「ヤンッ、お股を拡げないで、裕くんのエッチ」

「お祭りのときもそうだったね。おっぱいチュウチュウされてすごく濡れてたよ」

「もうっ、お姉ちゃんに向かってそんな台詞は言うなんてっ、きゃあああんっ」

煌々とした星明かりの下、ベンチへ押し倒された美女はすべてを露にされる。

ぐいと太股を拡げられ、シミの浮き出るショーツまでじっくり観察されていた。

「うわあ、おま×こすごく濡れてる。グッショリだあ」

「ああん、裕くんのせいよ。あの日以来、裕くんのおち×ぽが忘れられないの」

愛する少年の前にはしたない痴態を晒しては、年上としての面目も丸つぶれだった。

なのに身体は敏感に反応し、よりいっそう恥蜜を滴らせてしまう。

「嬉しいよ。僕のおっぱいチュウチュウで感じてくれるんだもん。もっとしたくなっちゃう」

「キャンッ、撫でちゃダメええっ」

いやらしいスジの中心を指でなぞられ、豊満な肢体は強い刺激に跳ねる。

真夜中の寂寥たる見晴台に、かわいらしい悲鳴が満ちていた。

「すごいグチュグチュ……僕のおち×ちんが欲しくてこんなふうになってるんだ」

「んふうっ、そうなの。裕くんにまたしてほしかったの、裕くんだけによ」

「僕だけに？　でも、お姉ちゃんは結婚するはずじゃなかったの」

怪訝に思い問いかけるが、美雪は首を横に振る。

「心配しないで。お姉ちゃんは他の人と結婚しても、裕くん以外の人の物にはならないって、夏祭りのときに誓ったの」

「僕以外の人の物って、それじゃあまさか」

うっとりした目つきのお姉ちゃんは、恥ずかしげな表情でコクンと頷く。

「ええ、実はお姉ちゃんも初めてだったの。裕くんは私にとって生涯でたった一人の男の人よ」

衝撃の告白に息を飲む。

「ふああ。信じられないよ、僕がお姉ちゃんの処女を奪ったなんて」

評判の美人で女子大生な美雪が処女だったなんて、新鮮な驚きだった。

「うふふ、だから初めてのときはすごくつらかったの。裕くんたら、小学生なのにとっても立派なおち×ちんなんだもの」

憧れの人が純潔を捧げてくれたと知り、いじらしい決意に幼い胸は感動で爆発する。

「夢みたい。嬉しすぎてどうにかなっちゃいそうだよ」

「くす、お姉ちゃんを抱いていいのは、裕くんだけよ。これからもずっとね」

たとえ他の男と結婚しても、裕太への貞節を守ると誓約したお姉ちゃんは美しかった。

獣欲が極限まで昂り暴走すれば、可憐に艶めく唇を奪う。

「ああっ、お姉ちゃんっ、んちゅううううっ」

「アアンッ、裕くんまたキスう、あむぅぅぅ」

背すじが震えるほどの感動に襲われ、キスの快楽に溺れる。

「はむうう、お姉ちゃん、好きっ、好きいっ」

「あふうん、お姉ちゃんも好きい、もっと愛してぇぇ」

興奮から逸物はビクビクと唸り、破裂しそうなほどに膨れ上がる。

一刻も早く、この腕の下で悶える美女を征服したかった。

「もう我慢できないっ。今すぐお姉ちゃんと一つになりたいっ」

「ああん、裕くううんっ」

ショーツのクロッチをずらし蜜潤う花唇を露にすれば、裕太も服を脱ぎ捨てる。

ぶるんっ、としなる肉棒が露になれば、美雪も目を丸くする。

「はあ、裕くんのおち×ぽすごい。ビクビクしてて、初めてのときより大きくなってそう」

「お姉ちゃんのことを思ってたからだよ。目に浮かぶだけでおち×ちんが堪らなくなっちゃうんだ」

「まあ、お姉ちゃんのせいなの。何だか嬉しいな」

自身を思いペニスが熱くたぎると言われ、美雪のなかの女も疼く。

清楚だが妖艶な笑みを浮かべ、少年を悦楽の園へと引き込もうとする。

「来て、そのガチガチおち×ぽで、お姉ちゃんをいっぱい愛してほしいの」

「うん、行くよお姉ちゃん、ふああっ」

「キャンッ、おち×ちん熱いぃっ、おま×こに当たってるぅっ」

「ぐうっ、お姉ちゃんのおま×こもあったかいよ。もう出ちゃいそうっ」

熱く脈打つ若牡を握りしめ、大好きな人を犯すべく上へのしかかる。

活力に溢れる肉勃起にめしべをクチュリと圧迫され、可憐な悲鳴があがる。

濡れ濡れの秘粘膜は早く入れてと怒張の先端に吸い付き、淫らな音を立てていた。

「お姉ちゃんっ、もう入れるよっ。今すぐお姉ちゃんを僕の物にしたいんだっ」

「ええ、お姉ちゃんはとっくに裕くんの物よ。私の大切な初めての男の子なんだから」

「くううっ、じゃあ行くねっ、うわあああっ」

ずいと腰を前に突き出し、雄々しく乙女の花びらを貫こうとする。

ぐっしょり湿った可憐なめしべは、こわばる剛直に突かれ、メリメリと押し拡げられる。

「んんっ、おち×ぽ硬いの、信じられないっ、アアアンッ」

「うぐう、おち×ちんがズブズブッて入ってく、あとちょっと、くはあぁっ」

「アアンッ、もうダメッ、入っちゃううううっ」

ひときわ強く腰をせり出した瞬間、ついに怒張の先端がずっぷりと突き刺さる。

幼さと猛々しさを備えた少年のペニスが、可憐な大和撫子のすべてを貫き通す。

「ひゃあんっ、アアアアンッ、おち×ぽ入っちゃうううううっ」

「お姉ちゃん、ううっ、ギュッて締めつけてくるよおぉっ」

「イヤあんっ、動いちゃダメえっ。おち×ぽ大きすぎるわあぁっ」

天に煌めく星々に届くほどの嬌声が、深夜の展望台に響いていた。

憧れのお姉ちゃんのおま×こは、極上の蜜襞で若牡を離すまいとしがみつく。果てそうなほどの締めつけは、美雪が処女喪失したばかりであることを証明していた。

「ああ、またお姉ちゃんと一つになれたんだ。嬉しいよっ」

「お姉ちゃんもどうにかなりそう。夢を見てるみたい、ううっ」

感動から汚れない瞳には、ひと雫の涙が溜まっていた。

「お姉ちゃん泣いてるの。ごめんなさい、痛かった？」

「うふふ、涙は嬉しいからよ。裕くんのおち×ちんをまた入れてもらえるなんて思わなかったから」

「美雪お姉ちゃん、そんなに喜んでくれるんだ」

「もちろんよ。お姉ちゃんのおま×こもこの身体も全部、裕くんの物なのよ。いっぱい愛してね」

ふわりと両手を広げ、少年の頬を優しく包む美雪は聖母の微笑を浮かべていた。すべては裕太のためと言われれば、健気《けなげ》な美女の涙に感動し再び唇を奪う。

「ああ、お姉ちゃんっ、んちゅうううう」

「あはああん、裕くん、んむぅぅぅぅっ」

「はあはあ、お姉ちゃん、もう離さないよ。ずっと僕と一つだよ」

「アアン、嬉しい。いっぱいお姉ちゃんをズンズンしてぇ」

複雑に蠢く蜜壺は、キスの興奮に呼応して裕太のために誂《あつら》えられたように絡みつく。

誰も来ない静寂の夜、星の輝きに照らされた少年と美女は、身も心も一つになる。

「じゃあ行くよお姉ちゃんっ、動くからね。くうううっ」

「アアアンッ、おち×ぽがいっぱい来ちゃう。すごいぃぃぃっ」

美雪の要望に応え、ついに腰を動かし制圧を開始する。

初めから全開のピストンは、ジュブジュブといやらしい音を立てめしべを撹拌する。

「はあんっ、ひゃあああんっ、裕くんたら激しいの、前と全然違うわあっ」

「お姉ちゃんのおま×こもキツキツだよっ。おち×ちんがどうにかなっちゃうぅぅっ」

「イヤああん、恥ずかしい。それは裕くんのおち×ぽがガチガチだからよおっ」

虚空に届くほどの艶声をあげながら、Gカップ美女は少年の突き込みで羞恥に染まっていく。

十二歳の肉棒におま×こを開発され、二十歳の美雪は切なく喘ぐ。

「アアンッ、もっと速くぅ、裕くんのお精子が欲しいの。お姉ちゃんを妊娠させてぇぇ」

「ふえっ、お姉ちゃんっ、妊娠って」

突如繰り出す物騒な単語に驚くが、少年の首をかき抱く美雪は真剣だった。

思わずピストンを止める裕太に向かい、ひしと縋《すが》りつき耳元で囁く。

「お願い、お姉ちゃんをママにしてほしいの。そうすればずっと裕くんといっしょにいられるから」

「そんな、いいの？　お姉ちゃん」

永遠に裕太と結ばれるには、婚約を破談にするしかない。

そのためには妊娠が早道であると、お姉ちゃんは判断したのだろう。

「うふふ、いいのよ。ずっと前から裕くんの赤ちゃんが欲しかったの。アアン、早くドピュドピュしてぇ」

妖しく瞳を輝かせ精をおねだりするお姉ちゃんは、ゾクリとするほどいやらしい。

蠱惑的に歪む口元に獣欲をくすぐられ、もうこみ上げる衝動を抑えられなかった。

「ふあっ、行くよ、お姉ちゃん。たくさんドピュドピュしちゃうよっ」

「ひゃんっ、ひあああんっ、裕くん激しいぃぃぃぃっ」

突如繰り出される怒濤のピストンに、いっそう甲高い艶声が巻き上がる。

小学生とは思えぬ凄まじい腰運動に、おま×こは無惨に変形し蹂躪される。

「ぐあっ、こんなのすごい。おち×ちんすぐにピュッピュしちゃうぅ」

「おち×ぽ太いいっ、おま×こいっぱい広げられちゃう。もう裕くんのおち×ぽじゃないとダメなのぉ」

「もっとしてあげる。おま×こにたっぷりズビュズビュしちゃうよおっ」

「アアンッ、嬉しい、早くお姉ちゃんに裕くんの赤ちゃん産ませてえぇぇぇっ」

全身をぶるりと弾ませ、豊満な肢体が男の腕の下で爆《は》ぜる。

「んふっ、お姉ちゃあん、キスしよっ。ふむうっ」

「むちゅううっ、裕くんのキス上手う。あんむううっ」

唇を貪り、キスの快感に酔いしれながら、怒張は可憐な花びらをズブズブと犯す。

交接部から湧き上がる凄まじい熱量に、美雪も天に響くほどの嬌声で応えていた。

「はあんっ、アアアンッ、お姉ちゃんどうにかなっちゃう。おち×ぽでどうにかされちゃうぅぅっ」

「僕もイッちゃいそうだよっ、もう限界だよっ」

「お願い、いっしょにイッてっ、おま×こにピュッピュしてえぇぇぇっ」

自分が憧れの美雪お姉ちゃんの唯一の男と思えば、腰の動きもよりいっそう激しさを増す。

まだ小学生だからこそ、麗しい美女のすべてを独占する喜びはひとしおだった。

いやらしいピストンが限界を超え、最後の瞬間までもう目前だ。

「はあっ、行くよっ。僕だけのおま×こに、おち×ちんドピュドピュしちゃうからねっ」

「アンンッ、してえ。おま×こにたくさんドックンしてぇぇぇぇっ」

「くはあっ、出るっ、おま×こに出ちゃうう。僕の赤ちゃん産んで、お姉ちゃあああんっ」

極限まで膨張した若牡が子宮の入り口をキスした直後、二人は同時に爆ぜる。

息もできぬほどの衝撃が全身を走り、怒張は音を立てて決壊する。

「ふああんっ、おち×ぽ熱いぃぃっ。お姉ちゃんの中でドピュドピュしてるうぅぅうっ」

「うわあああっ、おち×ぽ爆発する。もう止められないぃぃぃっ」

「アアンッ、お姉ちゃんもイッちゃう、裕くんのおち×ぽでイッちゃううぅぅうっ」

猛々しい若牡に貫かれ、美雪は女として真の喜びに目覚めていた。

満天の星々に見守られ、ただ少年の種を孕むことだけが麗しい女体を支配する。

「アンッ、アアアンッ、裕くん大好き。愛してるのおぉぉっ」

「僕もだよっ。お姉ちゃん好き、ずっとずっと愛してる。はあぁぁあっ」

「嬉しい。もっと愛して、裕くんだけのお姉ちゃんにしてえぇぇえっ」

すべての障害を乗り越え結ばれた裕太と美雪は、至福の悦楽に包まれる。

身体の隅々にまで爆発が響き渡れば、やがて抜け殻のように精根尽き果てていた。

「んはあ、お姉ちゃん、腰が抜けちゃうかと思ったよ」

「お姉ちゃんも頭がクラクラするわ。おち×ぽ素敵すぎるの。んふうう」

じっとりと汗ばむ肌を重ね、互いの素晴らしさを称賛する。

脈打つ鼓動を感じ見つめ合えば、周囲は愛し合う二人だけの空間と化していた。

「はあはあ、これでもうお姉ちゃんはお嫁に行かないで済むんだよね」

「アン、まだおち×ぽ抜いちゃイヤン。えいっ」

「ええっ、うあっ、おま×こがまたギュウッ、てしてくるうっ」

波打つ牝膣の中でいまだ硬さを保った肉棒がキュッ、と締めつけられる。

「今日は一晩中愛して。いっぱいドピュドピュして孕《はら》んじゃうぐらいにね」

「ふえ、孕むまでって」

「裕くんに会えなかった一週間の分、たっぷり出してほしいの」

子宮に大量の牡の精を浴びて女の欲望に目覚めたのか、美雪の目は真剣だった。

既成事実を作れば少年といっしょにいられるとばかりに、懸命に子種を求めてくる。

「お姉ちゃん、そんなに僕に妊娠させてもらいたいんだ」

「もちろんよ。お姉ちゃんが産みたいのは裕くんの赤ちゃんだけなのよ。それともパパになっちゃうのはイヤ？」

「そんなことないよ。お姉ちゃんに僕の赤ちゃん産んでほしいものっ」

不安そうな瞳で訴え、愛する少年の子種を求める姿は堪らなく愛おしい。

ぬるぬるの蜜襞が蠢動し絡みつけば、幼根はさらに力を与えられるように漲る。

むろん少年も、一度の吐精で収まるはずもはずもなかった。

「ホントは僕ももっとしたかったんだ。今日は寝かさないよっ」

「アアンッ、またズンズンッてぇっ。なんて逞しいの」

妖艶な笑顔に逸物は活力を取り戻し、再びのピストンでぬめる蜜襞を抉りまくる。

「お姉ちゃんのおま×こ、ズンズンするたびに吸いついてきて気持ちいいっ。このおま×こ好きっ」

「ひゃあんっ、もっと言ってえっ。お姉ちゃんのおま×こ大好きってえっ」

「うわあっ、何度でも言っちゃうよ。お姉ちゃんが世界で一番大大好きいっ」

「嬉しい、もうどうなってもいいの。裕くんにめちゃくちゃにしてほしいのおぉっ」

情欲が燃え上がれば、さらに過激なピストンで蜜壺を責め立てる。
腰の動きに呼応して淑女の嬌声も響き渡り、深夜のテラスは薔薇色の空間と化す。
絶景の星空に見つめられ、愛し合う少年と美女は精の枯れ果てるまで交わっていた。

第六章　僕専用巨乳美女ハーレム

夏の日差しも穏やかに変わる九月の半ば、爽やかな風がレースのカーテンを揺らす。

広く優雅なマンションの一室に朝日が零れ、ベッドに眠る少年の瞼をくすぐる。

あどけない顔の少年、裕太が一糸も纏《まと》わぬまま、満ち足りた寝姿を晒していた。

「裕くん起きて、もう朝よ。学校に遅刻しちゃうわ」

「んんん、お姉ちゃん。花火とっても綺麗だよお」

いまだ夢と現《うつつ》も曖昧な少年を、優しげな美女の声が揺り動かす。

「まだ寝ぼけてるのね、しょうのない子。お祭りはとっくに終わったでしょう？」

「あふっ、むうう、あれえ、ここって？」

細く麗しい指に頬を撫でられ、ようやく眠たげな目が開く。

重そうな瞼を擦りながら顔を上げれば、そこには微笑を浮かべる美雪がいた。

「ああ、お姉ちゃん、素敵なお部屋だねえ。まるでお姫様が住んでるお城みたい」

「あらあら、忘れちゃったのかしら、ここは私と裕くんの住むお家《うち》でしょう？」

可憐なインテリアに少女趣味的な内装は、住み慣れた自身の家とはまるで違う。

ここは裕太たちの街を遠く離れた、美雪の大学がある都会のマンションだ。

展望台での一件以来、澪から婚姻の許しを得て共に暮らす愛の巣だった。

「ふえ？　そうだった。ここは僕とお姉ちゃんたちのお部屋だったね」

「やっと思い出したみたいね。あれから半月以上も過ぎてるのに、寝ぼすけさんなんだから」

まるで新妻みたいな甲斐甲斐《かいがい》しさの美雪は、ベッドに腰掛け起床を促してくる。

女神の美貌で少年を見下ろしながらも、あまりにも大胆なスタイルだった。

「そろそろ七時になるわ。早く起きて学校に行かないと」

「うん。ありがとう、美雪お姉ちゃん」

豊満な肢体を包むものは、フリルで装飾されたかわいらしい花柄エプロンだけだ。

悩殺的な裸エプロンスタイルで、起きたばかりの少年の目を楽しませてくれる。

「朝日もとっても気持ちいいわ。こんな日に遅くまで寝てるのはもったいないわよ」

ほんのわずか動くだけで、魅惑のGカップのバストがたゆんと揺れる。

「はあい、今起きるよ、ふわああ」

「偉いわ、裕くん。それでこそ私の旦那様ね。あら？」

従順に起き上がろうとする少年に満足するが、視線はそそり立つ逸物へ向かう。

若さに漲る十二歳の陰茎は、寝起きでありながら臍に貼りつくほどこわばっていた。

「裕くんのおち×ちん、もうこんなガチガチ。昨日あんなにピュッピュしたのに」

「ふあっ、お姉ちゃんっ、そこはっ」

「くすっ、太くて固くて元気いっぱい。まだ小学生なのに」

「うぐう、シコシコされたら、おち×ちんおかしくなっちゃう」

そそり立つ牡のシンボルは、どれほど見ていても飽きることはない。

しなやかな指を絡め、怒張の熱を測るかのようについ強めに扱いてしまう。

「でも、裕くんはお姉ちゃんのかわいい旦那様だもの、これぐらい逞しくて当然よね」

「旦那様……お姉ちゃん、僕たちホントに結婚したんだよね？」

「もちろんよ。私たちは親同士の認めた正式な夫婦よ。一生お姉ちゃんをかわいがってね」

澪だけでなく、裕太の両親も美雪とのお付き合いを認めてくれていた。

とはいえ、さすがに花婿が十二歳では籍は入れられず、同棲というかたちをとっている。

しかし実質は婚姻でありこのひと月の間、毎日ベッドを共にし愛し合ってきたのだ。

「ああ、お姉ちゃん、もっとこっちへ来て」

「アン、ダメよ裕くん。起きて朝ごはんにしないと」

興奮が高まれば、逸物を扱く細い腕を引き寄せる。

「お姉ちゃんがおち×ちんシコシコするのがいけないんだよ。もう我慢できないよ」

「それは旦那様が逞しすぎるんですもの、キャンッ」

たちまちポフン、と軽やかな音を立て、裸エプロンの美女をベッドへ沈めてしまう。

美雪もいちおうは窘めるのだが、口元は妖しく歪み、この事態を望んでいるふうだ。

「お姉ちゃん、はむううう」

「んふっ、んんう、裕くんのキス、上手ぅ」

「んはああ、お姉ちゃぁあん」

昨夜と同じく激しく唇を貪り、ぬろぬろと舌を絡め合う。

堪らず可憐な花柄のエプロンを剝ぎ取ればプルンッ、と美巨乳が露になる。

見るからに美味しそうなおっぱいは、日差しを浴び白く輝いていた。

「わあ、お姉ちゃんのおっぱい、なんだかまた大きくなったみたいだね」

「そうみたい。これも裕くんが毎日チュッチュするからよ」

昼夜の区別もなく吸ってきたGカップは、いつの間にか予想を超えて成長していた。

男の欲望を焚きつける爆乳に、膨れ上がった怒張も限界を超える。

毎夜の営みと同じく、この美巨乳で愛してほしかった。

「ねえお姉ちゃん、昨日みたいにおっぱいでおち×ちんをギュッ、てしてほしいな」

「ええっ、またおっぱいをご所望なの？　ホントに裕くんは好きねえ」

パイズリのお願いに美雪もまあ、と驚いた顔を浮かべる。

「ごめんなさい。でもお姉ちゃんのおっぱいが綺麗すぎるだもん」

「ふふ、いいわ。お姉ちゃんもお願いされて本当は嬉しいの」

少年のおっぱい好きに呆れるが、しかし求められる喜びのほうが上回っていた。

心根を見透かす淫蕩な笑みを浮かべ、たわわな膨らみに手を添え見せつける。

「それじゃあ、裕くんはそのままにして、ベッドに横になっててね」

「はい、お願いします」

大の字で寝そべる裕太の身体は、細く華奢なのに逸物だけは隆々と聳え立つ。

未成熟な少年の幼さを堪能しつつ、ゆるりと股間へ覆い被さる。

「では行くわね。お姉ちゃんのおっぱい、たんと召し上がれ」

「うん、ふわっ、うぐうっ、お姉ちゃあああんっ」

こわばりをムニュリとした感触に覆われ、裕太は天を仰ぎつつ呻く。

このひと月で逞しさを増した逸物だが、おっぱいの海の中では途端しおらしくなる。

「アアンッ、太くて熱い。裕くんのおち×ちん素敵よぉ」

「ああっ、おっぱい柔らかくて気持ちいいっ。お姉ちゃんのおっぱい大好きいっ」

「じゃあ、たっぷりにゅるにゅるしてあげる。いっぱい気持ちよくなってね」

「ふわあああっ、プリプリのおっぱいでおち×ちん溶けちゃうぅっ」

清浄な朝の空気に満ちる秘めやかな寝室には、悩ましげな吐息が充足する。

少年に向かい、裸エプロンの美女がパイズリご奉仕の真っ最中だった。

「はあ、にゅるにゅるがムニュムニュして、おち×ちんがどうにかなっちゃう」

「アアンッ、裕くんの暴れん坊なおち×ちんもビクン、て太くなってるわぁ」

いやらしく変形する美巨乳がこわばりを責め苛み、あっという間に果てそうになる。

豊饒《ほうじょう》の海の中で悲鳴をあげる剛直は、早くも若さの証である先走りを滲ませていた。

「お姉ちゃんっ、もっとしてえっ。おっぱいすごくいいよっ」

「ええ、もっともっとしてあげる。お姉ちゃんのおっぱいは、裕くんのためにあるのよ」

「くううっ、そんなに擦られたら、すぐにドピュドピュしちゃうぅぅっ」

少年の叫びを聞けば美雪もまた、もっと愛してあげたくなる。

逸物を擦り立てる動きも速度を増し、爽やかな早朝は淫靡な雰囲気へと変わる。

「はああっ、もうダメッ。おち×ちんが我慢できないっ」

「アンッ、早くドピュドピュしてぇ。ミルクいっぱいちょうだいぃっ」

「ふぐっ、出るっ、おち×ちん出ちゃうっ。美雪お姉ちゃあああんっ」

限界を超えた怒張の先端から、輝かしい喜びの証が零れ出る。

びゅるんびゅるん、と一番搾りの特濃精液を、天へ向かって噴き上げる。

「ふああんっ、おち×ぽいっぱいビュルビュルってえっ」

「あああっ、止められないっ。おち×ぽピュッピュ止められないよおっ」

「もっと出してえ。おち×ぽミルクいっぱいちょうだいぃぃぃっ」

溢れる牡の精が、清らかな美巨乳のすべてを汚す。

さらにはおっぱいだけにとどまらず、顔面や全身にまで降り注いでゆく。

ビクビクと唸りをあげながら、愛するお姉ちゃんを白濁液まみれにしてしまう。

「はふう、すごくよかった。お姉ちゃんのおっぱい最高だよ」

「うふふ、裕くんも、おち×ちんたくさんピュッピュできて偉いわ。よくできましたね」

艶やかな美貌を牡の精で汚されても、美雪は満足そうに微笑む。

汁だくにされ嬉しいのか、おっぱいに付着したミルクを美味しそうに舐めている。

「んんっ、すごく濃いわ、裕くんのミルク。何だかおかしくなっちゃいそう」

「お姉ちゃん、そんなにおち×ちんピュッピュで喜んでくれるんだ」

荒ぶる牡の精は、まるで媚薬みたいに美雪の瞳を蕩かしている。

憧れのお姉ちゃんの淫らなさまに、若牡はまるで萎えることもない。

「はああ、僕もっとしたい。またお姉ちゃんとエッチしたい」

「裕くんたらぁ。これ以上はホントに学校に遅刻しちゃうわよ、キャッ」

じゃれ合いながらお姉ちゃんの手を引っ張り、ベッドへ押し倒す。

膨れ上がった怒張に唆され、見事な量感の美脚を愛でつつお股を開く。

「だってもう我慢できないよ。またエッチがしたいんだ」

「くす、しょうがないわね。一度言いだしたら聞かないんだから、アアンッ、おち×ぽ熱いぃっ」

表面上は窘めるお姉ちゃんも、秘割れに怒張をぶちゅりと当てられ悲鳴をあげる。

牡のシンボルに征服されるのを、心から望んでいる牝の顔だ。

「くうっ、お姉ちゃんのおま×こあったかいよ。もういいよね、おち×ちん入れちゃっても」

「いいわ、来て。ホントはお姉ちゃんもおち×ぽ欲しかったの。早く入れて」

「お姉ちゃんっ、それじゃあ行くよっ」

お許しをいただき勇んで腰を突き出せば、再びの結合は目前だ。

だが、若牡でおま×こを貫こうとした瞬間、寝室のドアがガチャリと勢いよく開かれる。

「もうっ、ボクくんたらいつまでお楽しみなのかしら。いいかげんにしなさいっ」

いざ挿入されようとした直前、愛し合う現場に二人の美女が踏み込んでくる。

「ひゃっ、楓お姉さん？」

「キャッ、楓さん、これはそのぉ」

豪奢なマンションの住人は、裕太と美雪だけではなかった。

ベッドで淫らに絡み合う裕太たちに冷や水を浴びせたのは、楓お姉さんだった。

整った鼻筋を歪め口を真一文字に結びつつ、腕組みしたまま二人を睨みつけている。

「あらあら、朝からお盛んですわねえ、裕太さん。でも仲間はずれはいけませんことよ？」

「ひええ、梓紗さんまで」

さらに楓の後ろからは、亜麻色の髪の美女も現れる。

穏やかな笑みだが、どこか底知れぬ妬心を秘めた爆乳美女は当然、梓紗である。

「裕太さんたら、少々羽目《はめ》を外しすぎですわ。まだ新しい学校にも転入したばかりですのに」

「まったくよ。私たちというものがありながら、美雪ちゃんばっかり贔屓《ひいき》するんですもの」

「あの、これはその、ええと」

二人共、美雪と同じく麗しい裸体にエプロンを纏っただけのスタイルだ。

どうやら皆で朝食の準備をしていたらしく、ぷるんと揺れる爆乳に目が釘づけになってしまう。

清々《すがすが》しい朝には少々不釣り合いなほど、刺激的な格好だった。

「ダメでしょ、ボクくん。君は私たち三人の旦那様なんだから、ちゃんと全員平等に愛してくれないと」

「楓さんの言うとおりです。こんなに尽くしていますのに、裕太さんたら美雪さんにべったりなんですもの」

「ううっ、すみませんでした」

晴れて二人の結婚は許されたが、仲介した梓紗たちからは意外な条件が提示されていた。

それは裕太を夫として、楓たち三人を妻として娶《めと》るという驚天動地の提案だった。

まさに事実上のハーレムだが、美雪と暮らすためには受け入れざるをえなかった。

「あなたもですよ、美雪さん。裕太さんはまだ小学六年生なんですから、求められても拒まないといけませんわ」

「ごめんなさい楓さん、梓紗さん。私が裕くんを誘惑したのが悪かったの」

梓紗に叱責され、シュンとするお姉ちゃんはかわいかった。

まるで小姑《こじゅうと》に睨まれた嫁みたいに、乱れたエプロンを直しベッドの上で畏まる。

元々このマンションは梓紗の実家所有であり、従うのは当然ではあった。

「ふう、仕方ないわねえ。ボクくんはかわいいし、つい独占したくなっちゃうのよねえ」

「私もお気持ちはわかりますわ、美雪さん。顔をお上げになって」

「はい、すみませんでした。くすん」

でも反省の色を見せれば、二人共それ以上責めることはしない。

端から怒る気はなかったのか、笑みを浮かべつつ、少年を囲むようにベッドへ腰掛ける。

「わかってくれて嬉しいわ、私たちも美雪ちゃんと同じぐらいボクくんのことが好きなのよ？」

「うふ、美雪さんは聡明でいらっしゃいますから、私たちの気持ちはとっくにご承知ですのよ」

「ええ、私も楓さんと梓紗さんには感謝しています、こんな立派なお家で裕くんと暮らせるんですから」

一瞬、修羅場かと思ったが、楓と梓紗もすぐに柔和な表情に戻る。

四人で暮らすなんてどうなるかと危惧したが、お姉ちゃんたちはすぐに打ち解けていた。

まるで以前からの親友みたいに睦まじくなる様子を見て、少年も安堵する。

「ふう、よかった。楓さんも梓紗さんも美雪お姉ちゃんと仲がよくて、ひゃうっ？」

「何言ってるの、ボクくん。悪いのは私たちの目を盗んで美雪ちゃんに手を出す君でしょう？」

他人事《ひとごと》みたいに暢気な少年だったが、いきなり楓にグリグリと頭を強く撫でられる。

「そうですわ、裕太さん。あなたは夫として妻を依怙《えこ》贔屓してはいけませんのよ？」

「ふええ、ごめんなさいい」

めっ、と幼子を叱るみたいにして眦《めじり》を上げるお姉さんに、たちまち恐縮してしまう。

裸エプロン姿の美女たちに諭《さと》されれば、母に懐く幼児みたいに言うことを聞く。

ちょっぴりエッチだけど、そんなところはまだ十二歳の子供だった。

「くすっ、裕くんたらお母さんに怒られる子供みたい。かわいい」

美雪お姉ちゃんも口に手を当て、コロコロと少女みたいに笑う。

楓も梓紗も毒気を抜かれたのか、美雪の笑いに合わせて破顔する。

「わかればよろしい。そういう素直なところがボクくんの魅力だものね。よしよし、もう怒ってないわ」

「ええ、ただ私たちも同じように愛していただきたかっただけですものね」

「あうう、楓さんと梓紗さんのナデナデ、気持ちいい」

かわいらしく喉を鳴らせば、機嫌を直した楓と梓紗も少年を愛玩する輪に加わる。

「まあ裕太さんたら、まるで猫ちゃんみたいに甘えて。ではもっと撫でて差し上げますね」

「うふふ、なんてかわいいのかしら、ボクくんは。君と結婚できてよかったわあ」

「アン、お姉ちゃんもナデナデしてあげる」

「ふああ、お姉さんたちにいっぱい愛してもらえて幸せだよ」

少年を囲む美女たちの語らいに花が咲き、穏やかな朝日が寝室に差し込んでくる。

二十歳と二十四歳と二十五歳の年上美女から寵愛され、充足した表情を浮かべる。

それぞれが女子大生、財閥令嬢、モデルと見事な容姿とステイタスの持ち主なのだ。

「僕、今でも驚いてるんだ。お姉さんたちみたいに綺麗な人をいっぺんにお嫁さんにしたなんて」

「あら、まだ信じられないのかしら。毎夜お姉さんたちをあんなに逞しく突いているのに」

「裕太さんは幼いのにエッチはすごいんですから。私たちはもうあなたの虜ですのよ」

三人のお姉さんと結婚するなど社会通念上許されないが、皆が了解している。

誰もがこのかわいくて性技の巧みな小学六年生を、心から愛しているのだ。

「お姉ちゃんも愛してるわ。最初は四人で結婚なんて戸惑ったけど、今はすごく満ち足りてるの」

「そう、私たちは裕太さんの妻ですのよ。ずっとここで暮らしましょうね」

「ふふ、もう離さないわよボクくん。お姉さんたちは永遠に君だけの物なのよ」

「ああ、僕も大好き。ずっとずっとこうしていたいよ」

美雪の柔らかな肢体にもたれかかったまま、美女たちと視線を絡ませる。

手を重ね合わせればこの上もない幸福感が満ち、媚薬みたいに身体を麻痺させる。

広く豪奢なベッドの中で粉黛《ふんたい》の香りに包まれ、もはや何も考えられなくなる。

「それじゃあ、そろそろ朝ご飯にしましょうか、あら？」

「どうしましたの、楓さん？　まあ、裕太さんのおち×ちん、大変なことになってますわ」

ベッドから起き上がろうとするが、不意に眩しい光景に目を奪われる。

甘すぎる空気に触発されたのか、少年の逸物は天を衝き見事にそそり立っていた。

「キャッ、裕くんのおち×ちん、またビンビン」

ついさっき、美雪のおっぱいに大量の射精をしたと思えぬほど漲っている。

「だってこんなふうにお姉ちゃんに囲まれたら、おち×ちんが辛抱できないの」

股間に隆々と聳える逸物は、牡の権威をこれでもかと誇示している。

幼さと力強さの同居した幼根の魅力を前にして、楓たちも物欲しげに瞳を潤ませる。

「そうね、お姉さんたちのせいなのよね、じゃあ責任をもって鎮めてあげないと」

「美雪さんばかりお楽しみはズルいですもの。私たちもご相伴にあずかりましょうか」

妖艶な笑みの楓と梓紗は頷くと、纏っていたエプロンをするりと下ろす。

たちまちプルンッ、と現れる百センチ超の爆乳とくびれたウエストは悩ましすぎる。

燦然とした陽光の下、見事な裸体は壮麗の一言に尽きた。

「ほわあ、やっぱり楓さんも梓紗さんも大っきいなあ」

「むふふ、自慢じゃないけど最近また大きくなったのよ。いずれ梓紗だって抜いちゃうんだから」

「あら、私だって成長しておりますのよ。毎晩、裕太さんに吸っていただいてますから」

たわわに揺れる四つの膨らみは、男が永遠に焦がれてやまない母性の象徴だ。

HとIカップの競演に息を呑む裕太だが、そんな様子に美雪は口を尖らせる。

「裕くんたら、そんなに大きなおっぱいが好きなの？　お姉ちゃんが大好きって言ってくれたのに」

「わわっ、僕は別にそんな。美雪お姉ちゃんも大きいし、もちろん好きだよっ」

美雪とて一般女性と比べれば並外れて大きいが、楓たちはそれを凌ぐ超爆乳なのだ。

皆で仲よく裕太を共有することに賛同しても、やはり妬心はあるみたいだ。

あたふたと言い訳する裕太を尻目に、不満げにプイと横を向く仕草もかわいかった。

「あらあら、見せつけてくれちゃってぇ。私のほうが妬けちゃうわ」

「裕太さんにとって美雪さんは特別ですもの。でも、私たちのおっぱいも特別ですのよ？」

楓も梓紗も美雪が正妻だと認めているのか、裕太が偏愛しても朗《ほが》らかなままだ。

もっとも口元は妖しく歪み、大の字で横たわる少年のペニスに顔を寄せる。

「んんっ、すごい熱さ。見てるだけでクラクラしちゃいそう」

「こんなに逞しいのにまだ毛も生えてないなんて。やっぱり小学生のおち×ぽは最高ですわ」

数えきれないほど貫かれた若々しいこわばりに、惚《ほ》れ惚《ぼ》れとする。

生命力溢れた十二歳の肉茎は、ビクビクと唸りを上げ眺める美女たちを威嚇していた。

「そんなにじっくり見られたら、またおち×ちんがっ、くううっ」

「キャッ、裕太さんのおち×ぽまたビクビクッ、てしてますぅ」

「おち×ぽも成長期なのね。これからどんどん大きくなるわ、素敵よ」

熱っぽい視線を浴び興奮が高まる逸物は、それだけで充血してしまう。

日ごとに成長する少年の剛直を見て、楓が何事か思いつく。

「そういえば、さっきは美雪ちゃんのおっぱいにドピュドピュしたのよねえ。なら私たちも、ね」

「同じようにいたしますの、楓さん？」

「ふふっ、それもいいけど、私一人でしたんじゃつまらないでしょう？」

楓の悪戯に気づいた梓紗もくすりと笑えば、爆乳を持ち上げずいと迫ってくる。

「ふえっ、どうするの、お姉さん」

「ボクくんはそのままでいいのよ、たっぷりかわいがってあ・げ・る」

「ご存分に私たちのおっぱいをお楽しみくださいね。えいっ♡」

不安そうな少年にウインクで応えれば、いきなりおっぱいを被せてくる。

「うぐうっ、お姉さんたちのおっぱいがおち×ちんをっ。ふわあああっ」

むにゅん、と淫靡な音が立ち、おち×ぽがバストの洪水に呑み込まれる。

少年の絶叫と共にベッドルームは濃密なピンクに染まり、官能の嵐が吹き荒れる。

「はああっ、何これえっ。四つのおっぱいがムニュムニュってえっ」

「ほうら、お姉さんのおっぱい、存分に味わってね。うふふ」

「アンッ、裕太さんのおち×ぽ熱いですわあ。おっぱいが火傷しちゃいます」

ベッドの上で呻く少年は、ありえない衝撃に自らの股間に目を見やる。

そこには両脇から逸物を挟み込み、爆乳によるダブルパイズリが展開されていた。

HとIのおっぱいが、圧搾機の如きプレスでギュウギュウ絞り上げる。

「ありえないよ。僕のおち×ちんが、お姉さんたちのおっぱいに飲まれちゃってるうぅ」

「そうよ、私たちのおっぱいの中でたくさん気持ちよくしてあげる。えいえいっ」

「ひゃううう、激しくぬるぬるしたら、すぐに出ちゃううっ」

「そのときは私たちが全部受け止めて差し上げます。裕太さんは心置きなく感じてくださいね」

「梓紗さんまで、そんな。うぐうっ、おっぱいがいやらしく歪んでるうぅっ」

言葉どおり若牡を挟み込んだおっぱいは、淫らに変形しにゅるりと吸いついている。

灼熱の怒張を愛しげにスリスリし、おま×こに入れた以上の快楽で責め立ててくる。

毎夜お姉さんたちを泣かせてきた剛直も、ダブルパイズリの前では形無《かたな》しだ。

「すごいわあ。ボククんのおち×ぽ、おっぱいに包まれてもビクビクしてるの」

「裕太さんはまだ小学生ですもの、妻の愛情があればもっと大きくなりますわ」

おっぱいの海に溺れながらも懸命に自己主張する若牡に、お姉さんたちも目を細めている。

「うふ、以前滝壺でしてあげたときは、すぐにドピュドピュしちゃったけどね」

「そういうかわいいところも含めて、裕太さんのおち×ぽは魅力的ですのよ」

「はふう、おっぱいムニュムニュいいよお。おま×こよりも気持ちいい」

濁流に打ち込まれた杭のように強烈な存在感を放つ肉柱は、美女たちを挑発する。

しかし未曾有《みぞう》の快楽に恍惚とする裕太を見て、美雪は穏やかではいられなかった。

「裕くん、そんなに楓さんたちのパイズリがいいの。お姉ちゃんもしてあげたのに」

「えっ、あううっ、美雪お姉ちゃん。これはその、ううっ」

やはり男はより巨大な乳房が好きと思えば、寂しげな表情を浮かべてしまう。

なんとか弁明しようとするが、ペニスから湧き上がる官能に言葉を出す暇もなかった。

「アンッ、裕くん、こっち向いて、んちゅううう」

「えっ、ふむううっ、お姉ちゃん？」

いきなり少年を抱きしめる美雪はぐいと首を引き寄せ、半開きになった唇を奪う。

妬心を情熱に変え、舌を絡めてお口の内側から愛撫する。

「んふっ、んむうう、裕くうん。お願いお姉ちゃんも愛して」

「あふっ、むちゅうう、ごめんね、お姉ちゃん」

「いいのよ、私もすぐに大きくなってみせるわ。ほらおっぱいよ」

チロチロと舌を擦り合わせつつ、Ｇカップのバストを見せつけ吸ってと懇願する。

たしかに大きさでは楓や梓紗に一歩劣るが、瑞々しさでは決して引けを取らない。

「ふわあ、おっぱい、僕だけのおっぱい」

「ええ。お姉ちゃんのおっぱいは、裕くんだけが好きにしていいのよ。あはあぁんっ」

目の前でちらつくピンクの乳頭に食欲を刺激されれば、一目散にしゃぶりつく。

ピクピクする乳首を口に含み、舌先で偏執的に舐め上げる。

澄んだ空気の寝室内で、爛《ただ》れた情事に身も心も囚われていた。

「まあ、ボクくんたらせっかくパイズリしてあげてるのに、美雪ちゃんのおっぱいに夢中になっちゃって」

「ふふっ、美雪さんもあんなに嬉しそうなお顔で、私たちも負けていられませんわね。楓さん？」

「もちろんよ。さあボクくん、これからが本番よ、覚悟しなさいっ」

「ええっ、ひゃあああっ。楓さんと梓紗さんのおっぱいがまた早くぅぅっ」

ねっとり愛される美雪に対抗心を燃やし、楓と梓紗はダブルパイズリの速度をさらに上げる。

ムニュリと変形するおっぱいは、牡の精を一滴残らず搾り取ろうとしてくる。

「アン、おち×ぽまたビクビクンッ、て震えてるう。太くて硬くて最高っ」

「私たち二人がかりでも飲み込めません。やはり規格外ですわ、このおち×ぽは」

「はうう、おっぱいにゅるにゅる気持ちいい、また出ちゃうよお、はうっ？」

「イヤン。裕くん、お姉ちゃんも愛してえ。んちゅうう」

パイズリに夢中になれば、またも美雪に抱き寄せられキスの洗礼を受ける。

頬や唇、額と顔のあらゆる箇所に啄むような接吻を受けながら、熱烈な愛情表現に困惑する。

「アンッ、裕くん、好き。好きっ、好きぃぃっ」

「んんんっ、お姉ちゃんのキス気持ちいい。おっぱいもフワフワして堪らないよっ」

パイズリやキスで愛撫を繰り返され、裕太は心底から幸せだった。

爽やかな朝日の差し込むベッドルームに、想像を絶する淫らな光景が現出する。

十二歳の裕太を中心に、三人の爆乳年上美女たちが懸命なご奉仕をしてくれる。

「裕太さんのおち×ちん、熱く滾っていますわ。もう爆発しちゃいそう」

「こんなに膨張して、おち×ぽ出ちゃいそうなのね。早くピュッピュしたがってるぅ」

「うん、楓さんも梓紗さんも美雪お姉ちゃんも最高だよ。おち×ちんがどうにかなっちゃいそうっ」

「アアンッ、嬉しい。裕くんに褒めてもらえてもっとしたくなっちゃうぅ」

艶声によるさえずりと芳しい女体の香りが少年を蕩けさせ、自他の区別すら曖昧《あいまい》になる。

「ぐはっ、おち×ちんもう限界っ、出ちゃいそうだよ。お姉さあんっ」

「むふふ、我慢できないのね。アンッ、おち×ぽいまにもドックンしそうよぉ」

敏感な少年の身体はビクビクと痙攣し、二度目の吐精まであとわずかだった。

腰を浮かしさらに快楽を貪ろうとすれば、終末へのカウントダウンを開始する。

「では、お射精までお手伝いさせていただきますね。それそれえっ」

「はああっ、おち×ちんがグリグリされちゃうっ。もうダメえぇぇっ」

楓たちの乳責めが頂点に達した瞬間、怒張の我慢も限界に達する。

はち切れんばかりに膨れ上がった先っちょから、濃厚な白濁液が噴出される。

びゅるっ、びゅるるるんっ、ずびゅるるるるるるるううううっ。

「キャンッ、ふああんっ、おち×ぽ出てるう。びゅるびゅる出ちゃってるううぅっ」

「裕太さんのミルク、溢れてますわあっ。もっとくださいませぇえっ」

「ふぐっ、そんなスリスリしないでぇ。おち×ちんピュッピュが止まらないぃぃっ」

爆乳に包まれたまま先端は決壊し、美雪のパイズリよりも多量の精が噴出する。

甘い快美感に囚われながら、ひたすら砲身から吐き出す射精は至高の悦楽だ。

「裕くんのおち×ぽすごいの。アアン、まるで火山の噴火みたいぃっ」

欲棒の爆発を眺める美雪もまた、雄々しく吐精する剛直に魅入ってしまう。

楓と梓紗を汚し、室内を自分色に染め上げる精の迸りに圧倒される。

やがて噴出が沈静化しても、辺りはずっと淫靡な雰囲気のままだった。

「はああ、楓さんと梓紗さんのおっぱいよかった。腰が抜けちゃうかと思ったよ」

「当然でしょ。私たちのおっぱいは世界一なんだから。ね、梓紗？」

「裕太さんのおち×ぽが逞しいからですわ。アアン、私たちミルクまみれにされてしまいました」

美雪に優しく抱きしめられつつ、楓と梓紗の爆乳に逸物を挟まれて、天国の絶頂を味わう。

周囲のすべてを己の精液で塗りつぶし征服するのは、男として最高の喜びだった。

「さ、これで満足したかしら、ボクくん。早く起きましょ。キャッ？」

「まだだよ、楓さん。僕これぐらいじゃ、おち×ちんが鎮まらないよ」

楓の言葉に反して、少年はすっくと立ち上がる。

「まあまあ、裕太さんのおち×ぽ、まるで衰えていませんわあ」

「裕くんのおち×ちん、まだすごいガチガチ。ああっ、なんて逞しいの」

この場の支配者は自分とばかりに、まるで萎えない逸物を見せつける。

雄々しく聳える牡のシンボルを目にして、三人の美女たちはかわいらしく口に手を当てる。

少年の底知れぬ精力に驚きを通り越し、畏敬の念すら抱いたふうだった。

「信じられないわ。毎日私たち三人を相手にしてるのに、全然ミルクが枯れないの」

「私なんて昨夜は三回もイカされてしまいましたのに、裕太さんはいわゆる底無しというものなのでしょうか」

あまりの絶倫ぶりに呆れるが、むしろ三人でのプレイがペニスに活力を与えてくれている。

ギンギンに聳え立つ逸物を眩しい物でも見るようにして、うっとりする。

「何だか今日はお姉さんたちと最後までしたい気分なの。いいでしょ？」

「うふふ、頼もしいこと。それじゃあ今日は学校はお休みしましょうか」

「そうですわね。どのみち、おち×ぽがこのような状態では授業も無理でしょうし」

「はい。裕くんをこんなふうにしたのは私たちですし、責任をとらないといけませんね」

楓の発案に梓紗も美雪も同意すれば、頬を赤らめ笑顔で頷く。

皆一刻も早くこの若さ溢れる幼根に貫かれたくて、お尻をモジモジさせている。

「どうやら意見は一致したみたいね。それじゃあ」

「どうするの楓お姉さん。うわあっ」

「裕太さんはそこでご覧になってくださいね。うふふ」

熱に浮かされた少年の前で、三人のお姉さんたちは次々にお股を広げる。

白い裸体をくねらせ、麗しい太股を開けば、そこには目も眩む花園が展開される。

「くす、いらっしゃいボクくん。お姉さんのおま×こは食べ頃よ」

「私のおま×こもたっぷり濡れてますの。いつでもおち×ぽをくださってけっこうですのよ」

「アンッ、裕くん。最初はお姉ちゃんに入れてえっ」

少年に向かい脚を開き、すでに濡れ濡れになっためしべを、くぱあっ、と露にする。

ベッドの上に咲き乱れる三つの淫ら花は、思わず吐精しそうなほど美しい。

秘割れから溢れる牝の香気を胸いっぱい吸い込めば、頭がクラクラしそうだ。

「はあはあ、お姉ちゃん。そんなふうにされたら、僕」

眼前に広がる魅惑の風景に、少年はもうどうにかなりそうだった。

フル勃起した肉茎は、早くこの美しい牝たちを犯してしまえとけしかける。

「アアン、早く来て、ボクくん。ガチガチおち×ぽちょうだい」

「いらっしゃいませ、裕太さん。今度は私たちを喜ばせてぇ」

「お姉ちゃんもおま×こが堪らないの。おち×ぽが欲しくていっぱい濡れてるの」

色っぽいしなを作り、腰をフリフリするお姉さんたちに理性の糸は容易く切れる。

「楓さん、梓紗さん、美雪お姉ちゃん。そんないやらしい格好で、もう我慢できないよっ、うわああっ」

気づけば極限まで膨れ上がった怒張をブルンッ、としならせ襲いかかっていた。

「アアンッ、裕くうん」

「はああっ。行くよっ、美雪お姉ちゃんっ」

まずは美雪へとのしかかり、ぐいとお股を拡げ猛り狂った剛直を押し当てる。

「アンッ、嬉しい。早く入れてぇ」

「おま×こ。お姉ちゃんのおま×こ、ふああっ」

今にも暴発しそうなこわばりで、牝芯を的確に捉えずぶりと突き刺す。

ググッ、と腰を突き出せば、蜜潤う花びらを一息で貫いてしまう。

「はあああんっ、裕くううん、大っきいの来たあぁぁぁぁっ」

「くうううっ、おま×このつぶつぶが吸いついてくるっ。昨日よりも締まるよっ」

十二歳の肉勃起に二十歳の女子大生の肢体は、感動から全身を震わせる。

挿入の衝撃に乳首はいやらしくしこり立ち、女壺はキュウッ、と切なく咥え込む。

「やっぱり美雪お姉ちゃんのおま×こいいよっ。僕のおち×ちんにぴったりだもん」

「アンッ、それはお姉ちゃんが裕くんしか知らないからよ。裕くんだけの専用おま×こなの」

恍惚とした笑顔で、純潔を捧げた少年へ結合の昂りを訴える。

涙を浮かべ感動している美雪お姉ちゃんは、ゾクリとするほど官能的だ。

「僕専用。そうだよね、僕がお姉ちゃんの初めてを奪ったんだよねっ」

「イヤン、あんまり言わないで。お姉ちゃんは年上なのにぃ、はああんっ」

八歳も年下の子供に処女を捧げた恥ずかしさから、美雪もつい頬を赤らめる。

童貞喪失だけでなく、憧れの人の純潔を奪った喜びは筆舌に尽くしがたい。

羞恥と興奮から赤くなるお姉ちゃんを見て、つい腰の運動も速度を増す。

「じゃあ行くからね。おち×ちんでお姉ちゃんを僕の物にしちゃうよっ」

「キャンッ、ひゃあああんっ。裕くんたらいきなり速いのぉっ」

ズンズン牝膣を抉れば、いやらしい水音と艶めいた嬌声が巻き上がる。

Gカップバストを揺らし、煌めく黒髪を靡かせながら若牡の突き込みに悶える。

「ヤンッ、おち×ぽ太すぎいっ。お姉ちゃんの中がグリグリ削られてるぅっ」

「くはっ、おま×こギチギチで気持ちいいっ。お姉さんたちの中で一番きついよっ」

「アアンッ、そんなふうに言わないで。裕くんのおち×ちんが大きすぎるからよお」

ガクガクと小刻みな律動で責め立てつつ、凄まじい締まりに苦悶の表情を浮かべる。

痛みとも悦楽ともつかぬ刺激のなか、急激な射精感がこみ上げてくる。

「はああ、おま×こいいよ。おち×ちんがギュウギュウで堪らないっ」

「イヤあああっ、そんなにズンズンしないでえっ」

お姉ちゃんを責める獣欲のピストンは、もはや熟練の域に達していた。

単なる上下運動ではなく、いやらしいグラインドですり潰すようにして責め立てる。

たわわなおっぱいもムギュリと掴みながら、激しい一撃を繰り出す。

「ふああん、もうダメ。お姉ちゃんイキそうなの。裕くんのおち×ぽで、イッちゃいそうっ」

「ううっ、僕ももう保《も》たないよっ。お姉ちゃんといっしょにイキたいっ」

「アンッ、お姉ちゃんもいっしょがいいの。裕くんとひとつになりたいのっ」

早くも最後のときを迎える覚悟を決めれば、全力のスパートをかける。

締めつけに呼応し野獣の如きピストンで、蠢く女壺をズンズンと蹂躙しまくる。

「アアアン、ひゃあああん、それ速いいいっ。どうにかなっちゃううううっ」

「美雪お姉ちゃん、僕も出るっ。いっしょにイこうっ。ふあああああっ」

「はああんっ、お姉ちゃんもうダメぇ。裕くんのおち×ぽでイッちゃうのおぉっ」

渾身の思いを込めたひと突きは、ついに乙女の最後の扉すらこじ開ける。

ズプンッ、と肉棒が子宮すら破らんばかりに押し込まれ、脳裏に火花が走る。

「ひゃあんっ。イクッ、小学生おち×ぽでイックうううううっ」

「僕もイクうっ。お姉ちゃん、お姉ちゃん、ふあああああっ」

直後に凄まじい締めつけが欲棒を襲い、官能のボルテージが頂点を超える。

三度目とは思えぬ大量の牡の精が、蜜壺の中でドクンドクンと射出されてゆく。

「あああっ、出る。おち×ちんピュッピュしちゃう。止まらないぃぃいっ」

「イヤン、止めないでえっ。もっとドピュドピュして、お姉ちゃんを溺れさせてぇえっ」

美しい眉根を歪め、お姉ちゃんはエクスタシーの渦に呑み込まれていた。

もはや清楚な女子大生の面影もなく、ただ幼根に突かれ絶頂を味わうだけの牝と化している。

快楽の暴風に弄ばれ、ただ愛する少年の名を呼ぶだけだった。

「はあ、あふうう、裕くうん、好き。大好きぃぃぃ」

「美雪お姉ちゃんもよかったよ。きつきつおま×こ最高だよ」

「アン。裕くん、嬉しいい」

絶頂の余韻に浸り、虚《うつ》ろな瞳のお姉ちゃんの頬を優しく撫でてあげる。

精魂尽きた美雪は裕太に感謝しつつ、そのままガクリと気を失う。

満足げな姿を見届け怒張を抜けば、卑猥に歪む花びらからコポリと白濁液が零れ出した。

「んんっ、ボクくんたらいやらしい。まだ小学生なのにあんなガンガン突くなんて」

「まるで獣みたいですわ。美雪さんも幸せそうで羨ましいです」

交わる二人を観察していた楓と梓紗も、物欲しげに艶めいた声をあげる。

「ああ、楓さんも梓紗さんもそんな格好で、いやらしすぎだよ」

せていた。

二人共すでにお楽しみだったのか、折り重なるスタイルで互《たが》いのめしべを擦り合わせていた。

俗に貝合わせと呼ばれる体位で、クチュリと割れ目を合わせる仕草に息を飲む。

「うふふ、このスタイルのほうが楽しめるでしょ。おち×ぽを入れるととっても気持ちいいのよ」

「アン、こんな格好恥ずかしいですわ。裕太さんが見ていますのに」

梓紗の上に乗る楓は裕太に背を向け、濡れ濡れな二枚の花びらを見せつける。

卑猥に腰を動かし割れ目が擦れるたび、クチュクチュと淫靡な音が湧き上がる。

「ボクくんと出会う前まではこうして二人で楽しんでいたの。腰を動かすとほら、エッチな音がするでしょう?」

「イヤあん、見ないで、裕太さん。こんな恥ずかしい私たちをご覧にならないでぇ」

「ひゃあっ、二人共そんなお尻をモジモジさせたら、全部丸見えだよ」

梓紗は嫌がっているが、女同士のまぐわいに頬は上気し明らかに昂っている。

露天風呂で乱れたときもそうだったが、やはりこの二人はレズッ気がありそうだ。

「お願い。また後ろから突いて。太くて硬あいおち×ぽでズンズンしてえ」

「楓さんたら、ホントお好きなんですから。アアンッ、お股がスリスリしてますうっ」

「楓さんも梓紗さんもいやらしすぎだよ。目がクラクラしちゃう。ふああ」

重なり合った美女たちをバックから怒張で貫くなんて、考えただけでも猥褻だ。

そんな体位を想像すれば、若牡は臍に貼りつくほどに反り返る。

ずいと腰をせり出しながら、目の前でフリフリ揺れる楓の桃尻をガシリと摑む。

「はあはあ、おま×こ。楓さんと梓紗さんのおま×こ」

「ボクくんてばエッチな触り方ね。アンッ、きゃああんっ、ボクくうううんっ」

むっちりとしたヒップを固定しながら、鋼の如き硬さの剛直をズンッ、と押し出す。

直後、淫靡な音と共に、膨れ上がった怒張がヒクつく牝芯を奥まで突き破る。

「ひあああんっ、太くて硬いおち×ぽ、いっぱい来たのおぉぉっ」

目も眩むショックに背すじを限界まで反らせ、楓は悲鳴にも似た艶声をあげていた。

「ふぐうっ。楓さんのおま×こ、おち×ちんに吸いついてくるうぅっ」

「アンッ、ボクくんのおち×ぽも大っきいの。すごく立派よぉっ」

「はああっ、そんなこと言われたら、もっとズンズンしたくなっちゃううぅっ」

「イヤあぁん、ボクくんのケダモノお、激しすぎるわあぁっ」

ズンズンと突けば流れるような金髪が揺れ、その美しさに目を奪われる。

何度も貫いた楓のおま×こだが、やはり後ろから挿入した際の締めつけは絶品だ。

「あううっ、おま×こキュウキュウしてるうっ。おち×ぽが吸い取られちゃうぅっ」

「アンッ、アアアンッ、そんなに強く突かないでぇ、お姉さんも感じちゃうのぉ」

「キャッ、楓さんたら動かないでください。おっぱいが潰れてしまいますぅっ」

ピストンが見舞われるたび、HとIの爆乳がムニムニと淫らに変形する。

強烈な突き込みに蕩けた顔を晒す親友を見て、梓紗も性感を昂らせていた。

「楓さんのおま×こ、美雪お姉ちゃんよりも吸いつきが激しいよ。堪んないっ」

「ヤンッ、比べるなんて失礼よ。はあああぁんっ」

おま×この具合を比較され閉口するが、剛直に肉襞を挟られ何も言い返せない。

ちぎれるほど締まる美雪のおま×ことは違う、小悪魔めいた吸いつきは絶品だ。

キュウキュウとまるで肉棒にキスするみたいに咥え込み、離そうとしない。

「はううっ、おち×ちんズンズンが止められない。このおま×こ大好きっ」

「ひゃああんっ、また早くぅっ。ボクくんのおち×ぽも素敵ぃぃぃ」

極上なおま×こに、三度も放出したことを忘れ、夢中でピストンを繰り出す。

十二歳の逸物に背後からガンガン突かれ、悶える二十五歳の痴態は卑猥すぎた。

「楓さん、いっぱい感じていますわ。アアン、お願い、裕太さん。私にもお情けをくださいませえっ」

「梓紗さん。ううっ、わかったよ」

楓の下で悩ましげに喘ぐ梓紗もこわばりが欲しいと、可憐な声で哀訴してくる。

求めに応ずれば、おま×こを蹂躙していた肉棒を抜き、蜜まみれの花唇に突き立てる。

「はああ、梓紗さんっ、それじゃあ行くよっ」

「ひゃんっ、ふあああんっ。裕太さんたらいきなりいぃぃぃぃっ」

ヒクつく牝芯を一気に貫けば、今度は梓紗が甲高い悲鳴をあげる番だった。

「裕太さあん、おち×ぽ太すぎますわ。こんなの裂けてしまいますぅぅっ」

「そんなこと言われても止められないよっ、梓紗さんのおま×こ気持ちよすぎるんだもんっ」

梓紗の痛切な鳴き声も、獣欲の権化《ごんげ》となった少年には届かない。

しかし餓えた蜜襞は、ようやく念願の幼根を受け入れ淫らに蠢く。

おっとりゆるふわな梓紗の性格を表すように、甘く切なく締めつけてくる。

「何これっ、ウニョウニョ絡みついてくるう。チュパチュパして、グリグリって。おち×ちんが溶けちゃいそうっ」

「アアンッ、それは裕太さんのおち×ぽが逞しすぎるせいですわあ。私のせいではありませんの」

三者三様のおま×こは、深遠な性の世界を知ったばかりの少年には強烈すぎた。

それぞれがまったく異なる具合で、しかも瞬時に果てそうなほどの名器ばかりなのだ。

「はあうっ、こんな気持ちいいおま×こじゃすぐに出ちゃう。行くよ、梓紗さあんっ」

「あああんっ、もっと来てください。私のおま×こ存分に味わいください」

美しい容貌を悦楽に染め、二十四歳のお嬢様は、十二歳の肉茎で淫らにつくり替えられる。

グチュグチュと抜き差しのたびに清楚な秘割れは歪み、艶声も高く響く。

いつしか穏やかな陽光も淫靡な色合いへ変わり、交わる四人を密やかに照らす。

「おま×こ甘くて蕩けちゃいそう。おち×ちんが壊れちゃううぅ」

「うふふ、いっぱい愛して差し上げます。たっぷりドピュドピュしてくださいませ」

「ひぐうっ、またグチュグチュってしてるう。梓紗さあああんっ」

ゆるふわ美女の名器に陶然とする裕太だが、楓も切ない吐息の下で訴えてくる。

「アンッ、ボクくんたらあ。おち×ぽ、抜いちゃイヤよお。早くお姉さんにも入れてえっ」

さっきまで自身のおま×こに満足していたのだから、不平も当然だった。ひたすら腰を振る裕太に向け、むっちり肉の詰まったお尻をフリフリして挑発する。

「ふうっ、ごめんなさい、楓さん。それじゃ今度はっ」

「ええっ、ふあぁんっ、またボクくんのおち×ぽ来たの。嬉しぃぃいっ」

謝罪の代わりに再び楓のおま×こへ突き込めば、艶めく女体が驚愕で弾ける。

柔襞はいらっしゃいと若牡を歓待し、今度こそ離すまいと食らいつく。

「アアンッ、もっとツキツキしてぇぇ。お姉さんをボクくんだけのおま×こにしてぇぇぇ」

「裕太さん、私にもまたください、おち×ぽ我慢できませんのお」

「ううっ、楓さんと梓紗さんのおま×こ、どっちも捨てがたいよ。どっちのおま×こも好きいっ」

二人のお姉さんのおま×こは、キツキツとぬるぬるのコントラストで少年を惑わせる。

交互に抜き差しすれば、それだけで快感が何倍にも増幅するのだ。

「こうして二人いっぺんにおち×ちんを入れると、すごくいいっ。出ちゃいそうだよっ」

「ボクくんの意地悪うっ。お姉さんだけにおち×ぽ欲しいのにいっ」

「私にももっとくださいませえっ。ずっとおち×ぽズンズンしてぇぇえっ」

ひとつに重なる爆乳美女たちを、自慢の逸物で背後からいっぺんに貫き通す。

二十五歳と二十四歳の女体を十二歳の幼い肉体が犯すのは、あまりに淫らな光景だ。

清浄な雰囲気も、グチュグチュと熱い水音によって淫靡な空間へ塗り替えられる。

「はああ、こんなの初めて。ダブルおま×こ最高。お姉さん、大好きだよぉっ」

「私も大好きですわあっ。ズンズン逞しく突いてくださいませえっ」

「ボクくんたら上手すぎるの。こんな小学六年生、信じられないっ。はあああんっ」

巧みな腰つきでぬちょぬちょ出し入れすれば、こわばりは二人の蜜でべっとりだ。

ひと突きごとにHカップとIカップはぶるんとしなり、楓と梓紗は快楽の渦に呑み込まれる。

「はあはあ、楓さん梓紗さん。今、僕のおち×ちんでイカせてあげるっ」

「きゃあああんっ、また早くぅぅ、子供おち×ぽにどうにかされちゃいますうっ」

「はあん、お姉さんももうダメぇ。ボクくんのおち×ぽでイッちゃううぅぅ」

あられもない声をあげる楓と梓紗は、裕太のおち×ぽにもうメロメロだった。

カクカクと腰が動くたび可憐なさえずりも艶を増し、最後の瞬間を目指し駆け上がる。

だが、絶頂まであと少しのところで、アクメの衝撃から気を失っていた美雪も復活する。

「裕くん。お姉ちゃんもお手伝いしてあげる」

「ふわっ、美雪お姉ちゃん？」

ムニュリと少年の背中におっぱいを押しつけ耳たぶを、はむっ、と甘嚙みしてくる。チュウチュウと優しくキスをしながら、乳首も摘まんじゃう。

「んふっ、はむうう。裕くん、好きぃ、大好きぃぃぃ」

「くううっ、くすぐったいよお姉ちゃん。これじゃおち×ちんがすぐにっ」

美雪まで淫らの交わりに加わり、もはや至福の悦楽を阻む物はなかった。

猛る若牡を打ち込み牝襞を抉り、三人のお姉さんを興奮の極みへと導いてあげる。

「はあん、アアアンッ、ガチガチおち×ぽでイクの。早くイカせてえっ」

「私も堪りません。おち×ぽツキツキされておかしくなりますうっ」

「楓さん、梓紗さん、美雪お姉ちゃん、イクよ。僕のおち×ちんで皆をイカせちゃうよっ」

美女たちの懇願に応じ、裕太は極限のピストンで女壺を力強く穿つ。

巧みな抜き差しが頂点に達した瞬間、少年の若牡は子宮口すら突き破る。

「ふあああっ、出るっ。お姉さんの中に出ちゃう、ふぐわあああああっ」

「きゃああんっ、ボクくんのおち×ぽがビクビクンッってぇ。イックうぅぅうっ」

「ひゃんっ、いやああああんっ、おち×ぽが中で弾けてますうぅぅ」

「お姉さああん、いっぱい出るぅ。ドピュドピュが止まらないぃぃぃっ」

星の爆発にも似た煌めきが四人の脳内で起こり、真の悦楽が訪れていた。

弾ける若牡は、これまで見たこともないほどの多量の精を先端から迸らせる。

「アアンッ、裕くんのおち×ぽがびゅるびゅるってたくさん出てるのぉ」

砲身から噴き出す白濁液が、楓の艶めく背中や麗しい髪に精を浴びせかける。

アクメの快感に囚われた楓と梓紗を牡の精で汚し、支配の証を刻んでゆく。

「ふあああ、気持ちいい。おち×ちんピユッピユ気持ちいいよぉ」

「んふう、お姉さんも幸せよぉ。もっとミルクをかけてぇ」

「裕太さんのミルクをいただけて、これ以上の喜びはありませんの。はああ」

おま×こといわず身体といわず、楓と梓紗は少年の精液に犯される。

天国の絶頂を味わう少年と美女たちは、呆けた顔つきのまま愛欲の深淵へ沈み込む。

やがて激しく燃えさかる饗宴が終わったあと、ベッドルームには静寂が訪れていた。

「凄かったわ、ボクくん。まさか梓紗といっぺんにイカされちゃうなんて思わなかったわ」

互いを貪り合う狂躁《きょうそう》も収まり、四人は穏やかな顔つきでベッドに安らいでいる。

「私も数えきれないぐらいイッてしまいました。もう裕太さんなしでは生きていけませんの」

楓と梓紗は裕太の両脇に侍り、華奢な身体を労ってくれる。

美雪の膝枕で満足げにぐったりする少年を中心に、悦楽の余韻を楽しんでいた。

「楓さん、梓紗さんも、とってもよかった。二人のおま×こ、最高だよ」

「まあ嬉しい。ボクくんにそんなふうに言われて光栄だわ」

「エッチだけでなくお口まで上手ですのね。なんだかまた身体が熱くなっちゃいそうですわ」

少年の可愛い乳首や薄い胸板を指でなぞりながら、ピロートークに夢中だった。

「裕くんも立派よ。四回もピュッピュしちゃうなんて信じられない」

「うう、美雪お姉ちゃんに撫でられると、なんだかすごく安心するよ」

「ふふ、ならお利口な子には、いっぱいナデナデしてあげる」

激しすぎる行為も終わり、美雪から祝福の愛撫をされ、裕太も頬を緩ませる。

三人のお姉さんはいまだ未成熟な小学生の肢体を愛でながら、口々に褒めそやす。

「恥ずかしがるお顔もかわいいです。裕太さんはやっぱりまだ子供ですわね」

「そうねえ、エッチはあんなに鬼畜なのに、こんな可愛いなんて反則よね」

「でも、そこが裕くんの素敵なところですから。よしよし、ゆっくり休んでね」

「美雪お姉ちゃん、楓お姉さん、梓紗お姉さん、ありがとう。三人とも大好きだよ」

優しげな微笑のお姉さんに囲まれ、喩《たと》えようのない満足感に浸る。

何の不安も感じない、ただ平穏だけが支配する幸福な世界がそこにはあった。

「お姉さんも好きよ。ボクくんみたいな男の子と暮らすのが夢だったの」

「裕太さんは理想の夫ですわ。末永く妻である私たちを愛してくださいね」

「うん、お姉さんたち大好き。ずっとずっといっしょだよ」

トロンとした目つきで永遠の愛を誓えば、お姉さんたちも満足げに頷いてくれる。

もっとも右脇に侍る楓は思うところがあるのか、悪戯っぽい笑みを浮かべる。

「あら、でも美雪ちゃんはまだまだ物足りないみたいよ。ボクくん？」

「ふえ、どういうこと、楓お姉さん」

「くすっ、知りたいかしら？」

絶対的な幸福に微睡《まどろ》んでいた裕太も、思わせぶりな言葉に怪訝な顔つきをする。

素直に頷けば、楓は怪しげに口元をほころばせるのだった。

「それはねえ。美雪ちゃんは一刻も早くボクくんの赤ちゃんが欲しいのよ」

「キャッ、楓さん。それはっ」

蕩ける微笑で本意を暴露され、お姉ちゃんは途端、恥じらい赤くなってしまう。

そういえば展望台でエッチしたときから、美雪は赤ちゃんを妊娠したがっていた。

しかし、それはまだ婚約破棄が決定しておらず、既成事実を作るためのはずだった。

「赤ちゃんて。でも美雪お姉ちゃんは結婚しなくてもよくなったんじゃないの？」

「あら、エッチが上達しても女心はわからないのね、ボクくんは」

「女心？　どういうことなの」

不思議がる裕太に向けて、楓は得意げな笑みを崩さない。

問題の婚約相手とは破談になったからこそ、こうして暮らせると思っていたのだ。

「じゃあ教えてあげる。美雪ちゃんは知ってるのよ。ボクくんが露天風呂でお母様とエッチしちゃったことをね」

「ひええ、それ本当？　楓お姉さん」

仰天の事実を告げられ、裕太は目を丸くして驚く。

やむをえない事情とはいえ、澪とセックスしたことがバレていたとは思わなかった。

慌てて美雪を振り返るが、押し黙るお姉ちゃんは何も言えず俯いたままだ。

「ホントにホントよ。だって、私がしゃべっちゃったんだもーん」

「ええぇっ、なんでそんなことするんですかっ」

秘密をばらしたことをあっさり白状する楓だが、まるで悪びれるふうもない。

むしろ穏やかな雰囲気のなか、その状況を掻き回すのを楽しむトラブルメーカーの表情だ。

「だってそのほうが面白いでしょ。それに澪さんから、くれぐれもボクくんと美雪ちゃんをよろしくって頼まれちゃってるの」

「うう、だからといって、そんな大事な秘密を言うなんて」

「ふふ、裕太さん、諦めたほうがいいですわ。楓さんはこういう人ですの」

楓に詰め寄ろうとするが、温和な梓紗によしよしと頬を撫でられる。

「梓紗さんまで。あのっ、美雪お姉ちゃん。これはその、お姉ちゃんと結婚するために仕方なかったの」

真実を知ったお姉ちゃんへしどろもどろに弁明するが、俯いたままだった。

裕太と母の関係を知っても、努めて平静な表情を作ろうとしている。

でも恨み節は裕太ではなく、楓のほうに向けられていた。

「楓さんたら。私が知ってること、裕くんには内緒にってお願いしたのにぃ」

「ごめんね、美雪ちゃん。でもいじらしいあなたを見ていたら、ボクくんに話しておかないとダメだと思ったのよ」

切々と恨み言を述べる美雪に対して梓紗が窘める。

「誤解なさらないで、美雪さん。楓さんはあなたのことを考えて告白しましたのよ？」

いつもはおっとりゆるふわな梓紗だが、こういうときは妻の中で一番頼れる性格だ。

「私たちは皆妻として対等な立場ですもの、お互い隠し事があってはいけないと思いましたのよ」

「梓紗さん、私もわかっています。でもそのことを裕くんに教える前に赤ちゃんが欲しかったの、お母様には負けたくなかったから」

「美雪お姉ちゃん。そんなに僕の赤ちゃんが欲しかったんだ」

楓に口を尖らせていた美雪も、梓紗の言うことには素直に従う。

言い合いをしても、どこか姉妹のじゃれ合いにみたいな長閑な雰囲気だった。

そんな乙女の一途な思いを知れば裕太も男として夫として、決意を見せたかった。

「お姉ちゃん、お話聞いてください。楓さんも、梓紗さんもね」

ムクリと起き上がれば威儀を正し正座して、三人のお嫁さんへと向き直る。

「裕くん、どうしたの？」

「あら、ボククんたら、男らしいのね」

陶酔に耽っていた先ほどとは違う表情に、美雪も楓も梓紗も真剣に聞き入っていた。

「僕、お姉ちゃんたちに赤ちゃんを産んでほしい。そのために立派な旦那様になります」

「裕くん……」

「ボククんたら……」

「裕太さん、素敵ですわ」

少年の真摯な決意を受け、お姉さんたちは瞳を潤ませている。

頬に手を当て恥じらいながら、愛の告白に心底から感動していた。

「約束するよ、勉強もエッチもいっぱいがんばって、お姉ちゃんたちに相応しい夫になってみせます」

「裕くん、そんなふうに言ってもらえて嬉しいわ」

「ボククんたら。それでこそ私たちの旦那様よ」

「うふふ、やはり裕太さんを選んだ私たちは正しかったですわ」

笑顔のお姉さんたちに祝福され、裕太もなんだか気恥ずかしい。

でも素直な胸の思いを伝え、愛を誓うことに後悔はなかった。

「ああ、美雪お姉ちゃん、楓さん、梓紗さん。三人とも愛してるよ、ずっとずっと」

「お姉ちゃんも愛してるわ。ずっといっしょにいましょうね」

「お姉さんだって愛してるのよ。もうボクくんのことしか見えないんだから」

「うふっ、かわいい旦那様。私たちを末永く愛してくださいね」

いつの間にか差し込む朝日が見つめ合う四人を優しく照らしている。

永遠の幸福を確信しながら、少年は再び美女たちの輪に飛び込んでいくのだった。

◎本作品の内容はフィクションであり、登場する個人名や団体名は実在のものとは一切関係ありません。

◉新人作品**大募集**◉

マドンナメイト編集部では、意欲あふれる新人作品を常時募集しております。採用された作品は、本人通知のうえ当文庫より出版されることになります。

【応募要項】 未発表作品に限る。四〇〇字詰原稿用紙換算で三〇〇枚以上四〇〇枚以内。必ず梗概をお書き添えのうえ、名前・住所・電話番号を明記してお送り下さい。なお、採否にかかわらず原稿は返却いたしません。また、電話でのお問い合せはご遠慮下さい。

【送付先】 〒一〇一-八四〇五 東京都千代田区神田三崎町二-一八-一一 マドンナ社編集部 新人作品募集係

巨乳《きょにゅう》お姉《ねえ》さんたちとのハーレム《はーれむ》生活《せいかつ》 田舎《いなか》の少年《しょうねん》が三人《さんにん》の妻《つま》を娶《めと》りました

二〇二三年十二月十日 初版発行

著者◉新井芳野【あらい・よしの】

発行◉マドンナ社
発売◉二見書房 東京都千代田区神田三崎町二-一八-一一
電話 〇三-三五一五-二三一一(代表)
郵便振替 〇〇一七〇-四-二六三九

印刷◉株式会社堀内印刷所 製本◉株式会社村上製本所 落丁・乱丁本はお取替えいたします。定価は、カバーに表示してあります。

ISBN978-4-576-23133-4 ◉Printed in Japan ◉©Y.Arai 2023

マドンナメイトが楽しめる! マドンナ社 **電子出版**(インターネット)……https://madonna.futami.co.jp/

Madonna Mate